雪国
ゆきぐに

[日]川端康成 著
林少华 译

青岛出版集团
青岛出版社

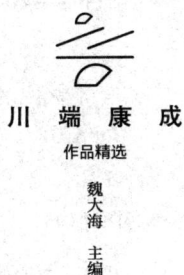

川 端 康 成

作品精选

魏大海 主编

雪 国
ゆきぐに

[日] 川端康成 著
林少华 译

青岛出版集团 | 青岛出版社

图书在版编目（CIP）数据

雪国 /（日）川端康成著；林少华译；魏大海主编. —青岛：青岛出版社，2023.1
（川端康成作品精选）
ISBN 978-7-5736-0490-3

Ⅰ.①雪… Ⅱ.①川… ②林… ③魏… Ⅲ.①中篇小说—小说集—日本—现代 Ⅳ.①I313.45

中国版本图书馆CIP数据核字（2022）第184322号

丛 书 名	川端康成作品精选
丛书主编	魏大海
本册书名	XUEGUO 雪国
著　　者	[日]川端康成
译　　者	林少华
出版发行	青岛出版社
社　　址	青岛市崂山区海尔路182号（266061）
本社网址	http://www.qdpub.com
邮购电话	0532-68068091
策　　划	杨成舜　王　伟
责任编辑	王　伟　王婧娟
装帧设计	今亮后声·核漫
封面插画	尔凡文化·秦国栋
照　　排	青岛新华出版照排有限公司
印　　刷	青岛双星华信印刷有限公司
出版日期	2023年1月第1版　2023年1月第1次印刷
开　　本	32开（889 mm×1194 mm）
印　　张	8.5
字　　数	170千
印　　数	1—8000
书　　号	ISBN 978-7-5736-0490-3
定　　价	55.00元

编校印装质量、盗版监督服务电话　4006532017　0532-68068050
上架建议：日本文学·小说·畅销

译序

川端康成：
日本性与日本美的"猎手"

还是让我从村上春树对川端康成的评价讲起吧。这倒不是由于我是大半个村上翻译"专业户"，而是因我觉得我若不讲，即使川端文学研究专家也未必"拾遗"。应该说，村上不仅是风靡当世的小说家，而且作为文学评论家也每有一家之言或一得之见。如关于川端康成，村上在为哈佛大学教授杰·鲁宾编选和翻译的《芥川龙之介短篇集》所撰长篇序言中写道："就川端的作品而言，老实说，我喜欢不来。当然这并非不承认其文学价值，对于他作为小说家的实力也是认可的，但对于其小说世界的形态（ありよう），我个人则无法怀有共鸣。"

至于川端"小说世界的形态"具体指的什么形态，村上没有言及。如果容我任意猜测，那么至少包括艺伎、歌舞伎、和服、清酒、寿司以及祇园会、五重塔、富士山等"日本性"载体或日本文化符号。而村上文学世界对这些基本不屑一顾。倒是偶尔出现樱花，但即使同是樱花，在两人笔下也截然不同。《挪威的森林》第十章中谓"在我眼里，春夜里的樱花，宛如从开裂的皮肤中鼓胀出来的烂肉"；而《古都》第一章中则谓"松树那洁净的翠绿和池水正使得花团锦簇的红色垂枝樱愈发显得千娇百媚"。在这点上，如果说村上作品有高密度的"异质性""非日本性"，川端文学则有高密度的"本土性""日本性"。

而这种"日本性"，恰恰是川端于一九六八年获得诺贝尔文学奖的主要原因：他"以卓越的感受性、高超的叙事技巧表现了日本人的心之精髓"。换言之，村上春树以不同于日本传统文学的"异质性"或"非日本性"为世界所接受，川端康成则以忠实继承日本传统文学、表现日本人精神特质的"本土性"或"日本性"为世界所接受，并摘取世界文学最高奖项的桂冠。其获奖对象作品即是青岛出版社此次出版的《雪国》《千鹤》和《古都》。不妨说，这三部小说作品乃"日本性"的高度浓缩。而"日本性"在很大程度上表现为"日本美"，或者莫如说，"日本美"是"日本性"的皇冠。所以下面容我不揣冒昧，粗略讲一下川端作为"猎手"是如何追求和表达这点的。同时就其"非日本性"发表一点远不成熟的看法。

先谈一并收录的《伊豆舞女》。坦率地说，这倒不是因为它多么充分地体现了"日本性""日本美"，而是因为它太有名了。村上虽然总体上对川端文学喜欢不来，但在列举"如春雨一般悄然滋润人们的精神土壤，构筑日本人的教养或感受性的基础"的文学作品时，还是没有忽略《伊豆舞女》，称之为"清新的青春小说"。这部短篇发表于一九二六年，是作者早期的代表作和成名作，也是日本文学中出色体现抒情之美的"青春物语"，曾六次被搬上银幕，有"日本式爱情经典"之誉，认为它在爱情表达上具有经典的日本审美元素或"日本性"。但我觉得——刚才说了——较之"日本性"，这部短篇引起我们共鸣的恐怕更是"非日本性"。

首先，故事发生在旅途。作为主人公，一个是因无法忍受"孤儿根性"带来的苦闷而踏上旅途的二十岁男孩，一个是看上去十七八岁情窦初开的女孩——这样的男孩女孩在山清水秀的秋日乡间的旅途中相遇且结伴而行——尽管女孩并非一个人。无论在哪个国家、哪个年代，两人之间发生朦胧恋情都是十分自然的。何况女孩又很漂亮："这对忽闪忽闪的漂亮的大黑眼睛是小舞女最为动人之处，双眼皮的线条也漂亮得无法形容。还有，她笑起来像花一样。'笑起来像花一样'这句话用在她身上再合适不过。"不仅漂亮，而且乖巧。"我"要坐下，她赶紧拉出自己的坐垫；"我"要吸烟，她把烟灰缸拉到跟前；"我"在山路旁的凳子上休息，她蹲下来拍打"我"裤脚上的灰；"我"下楼出门，她马上摆好木屐。更重要的是，这些乖巧丝毫没有功利性或世俗之气，而意味一种纯粹的好意和情窦初开。可以断言，这并非为日本传统女性所特有，完全可能以相似形式发生在往日中国乡间女孩身上。

其次未必限于"日本性"的一点，表现在性意识与天真之间。这类故事的主人公大多伴随性意识，而又一定不失天真，《伊豆舞女》把这两种元素融合得恰到好处。

我和大家一起上二楼放下行李。榻榻米和隔扇都已旧了，脏兮兮的。小舞女从下面端茶上来，在我面前坐下时，满脸通红，手颤抖不止。结果，茶碗险些从茶盘上掉下。为了不让茶碗掉下，她赶紧将茶盘放在榻榻米上，却又把茶弄洒了。她羞得太厉害了，看得我目瞪口呆。

"瞧你，怎么回事！这孩子也懂男女情事了，得、得……"四十岁的女子目瞪口呆地蹙起眉头……

尽管"也懂男女情事了"，但小舞女显然不失天真。和"我"单独下棋时，她"下着下着就忘了顾虑，一心扑在围棋盘上，漂亮得近乎不自然的黑发几乎碰到我的胸口"。为她念书时，"我刚开始念，她就凑过脸来，几乎碰到我的肩，她一副一本正经的神情，眼睛一闪一闪地盯视我的额头，眨都不眨一下"。

相比之下,"我"的性意识要强烈一些。听得阿婆以鄙视的语气说小舞女她们晚间"哪儿有客人就住哪儿","我"的念头是:"既然那样,就让小舞女住我房间好了!"这样的性意识当然让"我"烦恼,"一想到小舞女今晚有可能被玷污,心里就烦得不行"。与此同时,"我"的心情又因小舞女的天真得到净化:

> 昏暗的浴场深处,忽然有个光身女子跑了出来,随即在突出的脱衣处前端以即将跳下河岸的姿势站定,双臂大大张开叫着什么,连毛巾也没带,一丝不挂。小舞女!望着她那双腿如小桐树一般笔直的白皙裸体,我觉得仿佛有一股清泉从心头流过,如释重负地深深呼了一口气,呵呵笑了起来。还是个孩子!由于发现我们而高兴得在光天化日下蹿了出来,踮起脚尖站得笔直笔直——分明还是个孩子!我满心欢喜,呵呵笑个不停,脑袋一清如洗,微笑很久没从脸上退去。

性意识的萌生带来羞涩、苦闷和烦恼,而对方的天真和纯粹又使自己的心灵得到净化和升华,我想这是任何人——日本人也好,中国人也好——都可能有过的经历和体验。而川端的一个出色之处,在于将"非日本性"的朦胧恋情巧妙融进富于"日本性"的情境和笔调之中。

最后一点"非日本性",是这段朦胧恋情的戛然而止。原因固然种种样样，但无果而终几乎是所有初恋的共同特征。也就是说，大部分初恋都是"未完成形"，都是对美的向往、思念，而不是拥有。或者莫如说，初恋因其未完成而得以完成，美因其不能拥有而得以完美。这也正是初恋作为一种审美体验和生命历程的价值和意义。《伊豆舞女》也是如此：

> 舢板摇晃得厉害。小舞女仍然双唇紧闭，盯视同一方向。我要抓绳梯而回头看的时候，她似乎要说再见，但没有说，只是再次点了一下头。……离得很远之后，小舞女也开始挥动白色的东西。

分别即永别，旅途萍水相逢，从此天各一方，这点两人都很清楚。于是，少女的不舍与无奈、"我"的怅惘与眷恋、初恋的苦涩与感伤，无不物化为远处挥动的白手帕。诗性、隽永、内向、温馨，这方普通的白手帕永远留在了读者心中，堪称古典式爱情的经典镜头。《伊豆舞女》因之超越了"日本性"，而拥有了普遍性，至少拥有了"东方性"。

相比之下，《雪国》《千鹤》和《古都》这三部中篇更多含有的是"日本性""日本美"。

《雪国》首先断断续续发表在《文艺春秋》等文学刊物上，于十五年后的一九四八年才修改结集，是集中体现川端审美倾向的力作，有"日本现代抒情小说经典"之誉。

镜底流移着夜色。……人物在透明的虚幻中,风景在夜色的朦胧中,互相融合着描绘出超凡脱俗的象征世界。尤其当少女的脸庞正中亮起山野灯火的时候,岛村的胸口几乎为这莫可言喻的美丽震颤不已。

……映在车窗玻璃镜中的少女轮廓的四周不断有夜景移动,使得少女的脸庞也好像变得透明起来。至于是否真的透明,因为在脸庞里面不断流移的夜色看上去仿佛从脸庞表面经过,以致无法捕捉确认的时机。

在火车窗玻璃中看见外面的夜景同车厢内少女映在上面的脸庞相互重叠,这是不难发现的寻常场景,但在《雪国》中成为神来之笔,以此点化出了作者所推崇的虚无之美——美如夜行火车窗玻璃上的镜中图像,是不确定的、流移的、瞬间的,随时可能归于寂灭,任何使之复原的努力都是徒劳的。反言之,美因其虚无,因其归于"无"而永恒,而成为永恒的存在、永恒的"有"。

如果说,这种虚无之美的镜像中隐约叠印出中国禅学思想的面影,那么,以下两点则或可说是日本特有的审美取向或所谓的"日本美":一点是"洁净",另一点是"悲哀"。"洁净"(清潔)、"悲哀"(哀しい),加上"徒劳"(徒労),可以说是《雪国》的关键词,而且都是就美而言或与美有关。

"洁净"在这部小说中出现了十几次,几乎都用来形容主人公驹子之美:"颧骨略高的圆脸虽然轮廓平庸,但皮肤犹如白瓷微微挂红,加之脖根都没有脂肪堆积,与其说是美人或是什么,莫如说洁净更为合适。"甚至这样强调:"女子给人的印象甚是洁净,洁净得不可思议,想必连脚趾窝都一干二净。"无须说,世界上没有哪个民族、哪个作家以脏为美,但像川端这样几乎将洁净作为美、作为美女代名词的,恐怕很难找见。

细想之下,川端这种"洁癖"应该同日本传统审美观有关。提起美,无论西方还是中国,很容易同善,同强大的、丰硕的形象联系起来。作为西方美学滥觞的古希腊雕刻,男性表现强健魁梧的英雄,女性表现丰腴匀称的肢体。"美丽"两个汉字,"美"由"大""羊"二字组成,"丽"字下面是"鹿"。"大"自不用说,羊、鹿俱有一对强有力的长角,这意味着,美的对象首先要大、要强有力才得以成立。而日本人关于美首先想到洁净。较之尚善、尚大、尚力、尚丰,日本更尚洁,没有洁就无所谓美,洁即是美,洁净是日本美的第一要素和最高标准。而川端康成将这种美学意识直接用于女子,从脖颈到脚趾窝,从坐姿到微笑,统统以"洁净"加以赞赏。这点显然有别于中国作家以至西方作家,乃川端文学一种独特的审美情趣,一种"日本性":"洁净之美"。

另一点是"悲哀"。"洁净"用于驹子,"悲哀"用于叶子,作品中出现了七八次,多用来形容声音之美:"好听得让人悲伤 / 美丽得令人悲伤的语声 / 清澈得令人悲伤 / 动听得令人悲伤／笑声也清脆得让人悲伤。"凡此种种，无一不将美与悲伤联系起来，即"以悲为美"。中国文学也有凄美之说，但不至于像川端这样不厌其烦。究其原因，一是同被称为日本传统文学观的"物哀"（もののあわれ）有关。"物哀"固然是指由外部景物引发的种种情感、意趣和心情，但其核心仍在于"哀"。二是同日本自古以来的宇宙观有关。面对宇宙万象，中国人往往强调"常"（循环反复），关注传统延续、万古流芳；日本人则每每留意"变"，即"无常"，面对万象的流转不居生出无可奈何的喟叹，从而对瞬间的凄美格外敏感和情有独钟。这样的文学观和宇宙观进入《雪国》，在一定程度上成就了"悲哀之美"。

概而言之，在川端看来，美的前提是洁净，美的极致是悲哀，美的保持是徒劳，美的归宿是虚无。这是一种经过佛教禅学浸润的"日本美"和"日本性"，川端所表现的"日本人的心之精髓"，或许就在这里。

下面简单谈几句《千鹤》。这部中篇由作者于一九四九年至一九五一年在若干文学刊物上发表的短篇构成，一九五二年结集印行，其创作活动大体由此进入战后。如果说《伊豆舞女》表现清纯之美，《雪国》表现洁净之美、悲哀之美、虚无之美，那么《千鹤》表现的则是梦幻之美、艺术之美。这是因为小说主人公的现实行为无论如何都是不美的、不道德的：菊治同亡父的情妇太田夫人发生性关系，太田夫人死后又同其女儿文子发生性关系。于是，性、道德、艺术（千鹤图案、茶道、志野古瓷）三者构成了纵横交错的关系并借此缓慢推动小说情节的发展。归终，性超越道德，而作为艺术品的古瓷又超越性与道德，从而催生了超现实的梦幻之美——最后的胜者是艺术、艺术之美。

> 菊治则未能说出志野茶碗很像文子母亲，但两个茶碗的确像是菊治父亲和文子母亲的两颗心摆在这里。
> 三四百年前的茶碗，风姿是那样健康，根本不至于诱发病态妄想。然而生机勃勃，甚至带有官能意味。
> 从这两个茶碗中看出自己的父亲和文子的母亲，这让菊治觉得仿佛两个美丽的灵魂摆在一起。
> 但茶碗的形体是现实，而以茶碗居中相对的自己和文子的现实，也似乎是玉洁冰清的。

这意味着在道德上近乎乱伦的主人公们不仅因古瓷珍品得到解脱，而且升华为"美丽的灵魂"，变得"玉洁冰清"——艺术便是这样完成了对性、对道德的超越。而这一超越的前提是性对道德的超越。应该说，性对道德的超越源于日本的文化传统。

回溯历史，尽管中国的儒家学说对日本有明显渗透，但贞操观念对日本社会、日本文化影响不大。本尼迪克特在《菊与刀》中也曾指出，日本人不像西方人那样"把妇女简单地分成'贞女'和'淫妇'"。对日本人来说,贞操和名誉是两回事。他们倾向于将性视为自然的一部分。据《古事记》记载,甚至日本这个国家本身即是性爱产物——由男神伊邪那岐和女神伊邪那美兄妹交媾生下日本列岛和日本诸神。因此,日本人自古以来就对性事比较宽容,在许多情况下将性与道德分开看待。不妨说,正是这种日本特有的文化传统使得川端将原本匪夷所思的丑陋性关系描写得温情脉脉、情有可原,使之凌驾于世俗道德规范之上。这是《千鹤》中不同于中国等许多国家的"日本性",也是中国读者理解这部作品,进入其梦幻之美、艺术之美世界的一把钥匙。

最后谈《古都》。也是因为作者本人附有《后记》,所以这里只略谈两句,其实完全不谈都可以——这部作品中的"日本美""日本性"几乎都是显的。有春夏秋冬四时之美,有花车巡游等民俗之美,有平安神宫、南禅寺等名胜之美,有京都老街、传统民居之美,有少女之美,有和服之美,有亲情之美,有爱情之美,有人情之美——凡此种种,构成了或艳丽或古朴或优雅或清幽或深沉的"日本美交响曲",是三部中篇中最具"日本性"的。

最具"日本性"的美,当然也就是"日本美"。而对美,尤其对"日本美"的热爱、追求与表达,无疑是贯穿川端文学以至川端整个人生的一条主线。关于这点,川端的挚友、画家东山魁夷有过这样的评价:"谈论川端先生,势必触及美的问题。谁都要说先生是美的不懈追求者、美的'猎手'。能够承受先生那锐利目光凝视的美，实际不可能存在。但先生不仅捕捉美，而且热爱美。我想，美是先生的憩园，是其喜悦、安康的源泉，是其生命的映射。"东山进一步以川端《反桥》《阵雨》《住吉》这"三部曲"为例，认为是"美到极致"的三部短篇小说——"尤其《反桥》，先生对幽深旷远之美那炉火纯青的感受性化为涌流的联想彩绫从纺织机流淌出来"。进而认为，川端"以大跨度的步履在日本的混乱中坚定地支撑日本文化的精髓"。并在川端去世三年后的一九七五年的一次演讲中高度赞赏川端文学："日本独特的美，由川端先生作为当世罕见的文学作品结晶并且展示给世界上的人们。"

自不待言，一个民族有这样一位执着地炫示和守护本民族传统和本土风物之美的作家，那个民族是幸运的。所谓文化，便是这样的东西。

值得注意的是，川端文学中，除了美——"日本美"——这条一以贯之的主线，还有一条主线，那就是源于孤儿情结的孤寂、孤独感。川端两岁丧父，三岁失母，十五岁相依为命的祖父去世，彻底成了孤儿。即使一九六八年十月十七日荣获诺贝尔文学奖，消息传来而日本举国为之沸腾之时，他的心境仍似乎那般孤寂，当天后半夜一个人闷在书房里用毛笔重复写下数幅"秋野铃响人不见"（秋野の野に鈴鳴らし行く人見えず）。获奖后不出四年的一九七二年四月十六日傍晚，"川端以和平时没有不同的样子离开家，在门前大街长谷消防署前面搭出租车去逗子公寓,以煤气自杀"。没有留下遗书,自杀前一个字也没留下。一个人在孤寂中永远离开了这个世界,离开了他那般热爱的"美丽的日本",离开了他不惜贷款购得的包括三件"国宝"在内的美术收藏品——美为什么没能最终拯救他?一个永远的问号。

顺便谈一下翻译。到底是获诺贝尔文学奖的名家名作,中译本已有几种行世,最常见的是我所尊敬的老一辈学人和译家高慧勤先生的译本及叶渭渠先生、唐月梅先生的译本。因此,当出版社要我重译时,我犹豫了很久。最终所以应允,也并非因为我有拿出更好译本的能力和野心,而是因为听从出版社的劝说,尝试涂抹一种风格不同的译本——这点相对容易做到,优劣高下另当别论,毕竟译笔因人而异。

翻译当中主要拜读和参考了高慧勤先生的译本(人民文学出版社出版)。表达方式或有不同,但先生对原文,尤其对《古都》中关西方言的精确理解不容我不心生敬意,笔下若干误译因之得以订正于未然。这是我要向先生表示感激的。在先生已经离开人世的现在,这种感激之情尤为强烈。

高慧勤先生生前继李芒先生任日本文学研究会的会长。记得格外清楚的是,每次召开日本文学研究会的年会,她都提前几个月亲自打来电话,嘱咐我务必认真准备大会发言论文。这对我学术水平的提高无疑是有效的激励和促进。一次发言后她主动将我的论文推荐给名刊《外国文学评论》发表,而我同先生任职的中国社科院外文所并无师门因缘。抚今追昔，深感那是多么难得的信任、偏爱和恢宏的胸襟！惜乎先生遽归道山。灯下行文至此，感激感谢之余，不禁黯然神伤。掷笔于案，思念良久。翻译也罢，其他任何文化事业也罢，恐怕都是在这样的承继和思念当中不断推向前去。

最后啰唆一句。拙译川端作品自二〇一二年一月由青岛出版社出版以来，颇受好评，数次再版或重印。但后来因有出版机构买了"独家版权"，遂成绝版。日月流转，春秋嬗递，现在川端作品进入"公版"期，拙译因之得以重出江湖，中文版川端文学花园里又多了一朵，牡丹也好蒲公英也罢，借用苏东坡之语，"凡物皆有可观。苟有可观，皆有可乐"。至少我这个译者怡然自乐。自乐之余，补记于此，是为新序——不成其为新序的新序。

> 二〇一一年五月三十一日初稿
> 时青岛蔷薇月季如霞似锦
>
> 二〇二二年九月三十日改定
> 时青岛金菊竞放红叶催秋

目录

译序-*1*

雪国-*1*

千鹤-*125*

    千鹤-*126*

    林间夕阳-*156*

    志野彩瓷-*179*

    母亲的口红-*197*

    双重星-*221*

雪　国

穿出两县之间长长的隧道，就是雪国了。夜空深处已经泛白。火车在信号所①停了下来。

少女从对面座位起身，放下岛村面前的玻璃窗，雪的冷气涌进车厢。少女从窗口整个探出身子，朝远处喊道：

"站长，站长！"

一个男子提着灯缓缓踏雪走来。他把围巾一直围到鼻梁上边，让帽子的毛挡住耳朵。

已经那么冷了吗？岛村向外看去，只见山脚下星星点点瑟缩着仿佛铁路职工宿舍的木板房，雪光没等延伸到那里就被夜色吞没了。

"站长，是我，您好啊！"

"啊，这不是叶子吗?！回来了？又冷了哟！"

---

①信号所：相当于我国铁路非正式车站的"乘降所"，但仅为单线铁路错车之用。

"弟弟这回在这里工作了，让您费心了。"

"这种地方，马上就寂寞得受不了的。小小年纪，够可怜的！"

"还是个毛孩子，站长您要好好教他，拜托了！"

"放心，干得来劲儿着呢！往下就要忙了。去年雪大，常闹雪崩，火车动弹不得，村里也忙着给旅客烧饭、送饭来着。"

"您好像穿得不少啊。弟弟信上倒是说连棉背心还没穿呢……"

"我套了四件衣服。年轻人一冷就喝酒。结果感冒了，在那边东倒西歪着呢。"站长将手里的灯转向宿舍那边。

"弟弟也喝酒吗？"

"不、不。"

"您要回去了？"

"我受了伤，正在跑医院。"

"哎呀，可得注意！"

和服上面套着外套的站长像要结束这站在寒冷中的交谈，一边转身一边说：

"那么，多保重。"

"站长，我弟弟现在没出来吗？"叶子的目光在雪地上搜寻，"站长，求您关照我弟弟，求您了！"

声音好听得让人悲伤，响亮的语声仿佛从夜雪中回荡而来。

火车开动后她也没将上半身收回车厢。火车很快赶上在铁路旁行走的站长。

"站长,请告诉我弟弟下次休息时回家。"

"好嘞!"站长大声应道。

叶子关上车窗,两手捂住发红的脸颊。

这是两县之间一座备有三辆除雪车的大山。从隧道南北两端伸出的雪崩报警电线已经通了。除雪阵容早已齐整:除雪夫五千人次,外加消防组青年团两千人次。

及至明白叶子这位少女的弟弟是从这个冬天开始在这种不久将被雪埋住的铁路信号所工作的,岛村对她更加有了兴致。

不过,之所以在这里称她为"少女",是因为在岛村看来如此。至于同行的男子是她的什么人,岛村当然无从知晓。两人的举止倒像是夫妇,但男子显然是个病人。陪同病人,男女间的距离自然缩短,照料得越勤快,他们看上去越像夫妇。再说,实际上照看比自己年长的男子的那副年轻母亲的样子,远看也是夫妇。

岛村只是把她一个人分离出来,根据她的形象给人的感觉,主观断定她是少女。而自己之所以格外感伤,很可能是因为过于以不可思议的眼光看待这个少女的结果。

三个小时以前岛村就百无聊赖地翻来覆去看左手的食指。说到底,只有这食指活生生记得即将相见的女子——越是急于回忆,记忆越是变得模模糊糊、把握不得,唯独这根手指因了女子的触感至今仍湿乎乎的,将自己拉向远方的女子身边。如此觉得奇异的时间里,岛村把手指凑近鼻子闻了闻。他不由得用手指往车窗玻璃上划了条线。结果,女子的一只眼睛清晰地浮现出来,他惊得险些喊出声。但那不过是由于他将自己的心送往远方的关系,回过神来时什么事也没有,原来是对面座位上的女子照在了上面。外面夜幕降临,车厢里开了灯,于是车窗玻璃成了镜子。但由于暖气使得玻璃上挂满了水蒸气,因此在用手指擦拭之前镜子并不存在。

尽管少女的一只眼睛反而漂亮得出奇,可是当岛村把脸贴近车窗时,里面突然现出他似乎想看夜晚的景色那含带旅愁的面容,岛村当即用手心抹了一下玻璃。

少女胸部微微前倾,专心俯视眼下躺着的男子。用力的双肩,显示她认真的程度,略微严肃的眼睛几乎一眨也不眨。男子头枕车窗那边,弯曲的腿触在少女身旁。这是一节三等车厢。因为不是在岛村这一侧,而是在对面的另一侧,所以躺着的男子面部在镜子上只能照到耳朵那里。

少女同岛村正好坐斜对面,可以直接瞧见。但由于两人上车时,岛村因为少女似乎冷冷刺伤什么的美貌而惊得伏下眼睛的那一瞬看见了死死抓住少女的手的男子那青黄色的手,所以岛村觉得不好意思往那边看第二次。

玻璃镜中男子的神情看上去很镇定,好像因为目睹少女的胸部而放下心来。衰弱的体力因其衰弱而透示出任人照顾的谐调意味。男子把围巾垫在枕头上,撩在鼻子下端整个把嘴遮住。他又把上面的脸颊也包住了,差不多一副蒙头盖脸的样子，但围巾不时松动而把鼻子压住。少女趁男子的眼睛要动而未动的时间里以亲切的手势把围巾弄好。两人就这样下意识地一再重复这几乎让岛村焦急的同一动作。此外，包裹男子腿的外套下摆时不时张开垂下，少女很快注意到，把它收拢回去。这一切都非常自然，几乎让人联想到两人忘记距离的存在，无限奔赴远方的身姿。岛村因此没有产生注视悲哀场景的沉痛，而觉得是在观望一场梦中把戏，想必是因为事情发生在奇异镜中的缘故。

镜底流移着夜色。这就是说，被摄之物和摄物的镜子像电影的双重影像一般移动。出场人物同背景之间毫无关联，而且，人物在透明的虚幻中，风景在夜色的朦胧中，互相融合着描绘出超凡脱俗的象征世界。尤其当少女的脸庞正中亮起山野灯火的时候，岛村的胸口几乎为这莫可言喻的美丽震颤不已。

因为远山上空仍有一抹隐约的火烧云遗痕，所以透过车窗玻璃望见的景致直到很远都未失去形体，但颜色已荡然无存。目力所及，普通的山野显得愈发普通，没有任何东西能够引起人的注意。唯其如此，那反而成了浩渺感情的流移。不用说，这是由于少女的脸庞浮现其间的缘故。映在车窗玻璃镜中的少女轮廓的四周不断有夜景移动，使得少女的脸庞也好像变得透明起来。至于是否真的透明，因为在脸庞里面不断流移的夜色看上去仿佛从脸庞表面经过，以致无法捕捉确认的时机。

火车厢内没有多么明亮，车窗玻璃也并不像真正的镜子那样鲜明，没有反射。所以，岛村在定定注视的时间里，渐渐忘了镜子的存在，恍惚觉得少女浮在夜色的流移中。

就在这时，少女脸庞正中点起了灯火。镜内的图像没有鲜明到足以隐没灯火的程度，而灯火也对图像全然奈何不得，只是从她脸庞上流过，但没有使她的脸闪闪发光。那是冷冷的远光，是冶艳动人的夜光虫——当少女的眼睛同灯火重叠那一瞬间，她的眼睛便在夜色的波涛间闪现出来。

叶子不可能意识到自己被这样打量。她一心扑在病人身上，即使朝岛村那边转过头去，恐怕也不会看见照在窗玻璃中的自己，更不会注意到眼望窗外的岛村。

岛村之所以长时间偷看叶子却又忘了对于少女的愧疚感，想必是因为被夜景镜子的魔力俘获的结果。

所以，即使在她招呼站长并且表现出某种过于较真的时候，也有可能是不无物语意味的兴致首先起了作用。

通过那个信号所时，车窗只有黑暗了。景致的流移在对面消失之后，镜子的魅力也逝去了。叶子美丽的面庞虽然仍照在那里并且动作仍那么温馨，但岛村已从她身上新看出一种澄澈的清冷，镜子上挂的水汽也不想擦了。

不料，大约半个小时后，叶子两人和岛村在同一车站下了车，他意犹未尽地回头看了看——以为又会发生什么，但一接触站台上的寒冷，他当即为自己在火车上的失礼感到羞愧，头也不回地从车头前穿过。

男子抓着叶子的肩刚要下到铁路时，一个站务员从这边扬手制止。

片刻，从黑暗中闪出的一列长长的货车隐去两人的身影。

旅馆的拉客伙计像火灾现场的消防队员那样煞有介事地穿一身防寒服，掩起双耳，脚穿长胶靴。从候车室的窗口往铁道那边站着观望的女人也身穿蓝色斗篷，扎着头巾。

岛村虽然还没从火车的暖气中清醒过来，尚未感觉出外面切切实实的寒冷，但雪国的冬天对于他毕竟是第一次，使得他首先对当地人的打扮感到不安。

"那身打扮，就那么冷吗？"

"呃，完全准备过冬了。雪后天晴的头一个晚上尤其冷。别看这样子，今晚就可能降到零度以下。"

"这就是零度以下吧？"岛村望着房檐上好玩儿的冰流苏，和旅馆的伙计上了汽车。雪色使家家户户低矮的房檐显得更低了，村子像沉底似的鸦雀无声。

"的确，碰什么都凉得不一般。"

"去年冷到零下二十几度。"

"雪呢？"

"这个嘛，平时七八尺深，厉害的时候超过一丈二三尺。"

"快了？"

"快了。这雪是前段时间下的，下了一尺多，已经化不少了。"

"化还是化的？"

"不知什么时候会下大雪。"

时值十二月初。

岛村感冒很久了，鼻子一直不通气，而这时一下子通到脑芯，鼻水就好像有脏东西被冲洗出来一样滴个不止。

"师傅家的这个姑娘还在吧？"

"嗯，在、在。下车没看见吗？那个穿蓝色斗篷的。"

"那就是的？往下能找来吗？"

"今晚？"

"今晚。"

"说是师傅的儿子坐刚才最后那班车回来，那姑娘接车去了。"

原来，叶子在夜景镜子中照料的病人，就是岛村前来相见的女子主人家的儿子。

得知这点，岛村觉得好像有什么从自己胸口通过，但他并不认为这种巧合有什么不可思议，莫如说不认为不可思议的自己有些不可思议。

手指记住的女子同眼睛里亮起灯火的女子之间会有什么？会发生什么呢？不知何故，岛村感觉在心中的某个地方已经看见了。莫非尚未从夜景镜子中清醒过来的缘故？那夜景的流移，不就是时光的长河吗？他不由得自言自语。

滑雪季节到来前是温泉旅馆客人最少的时候。岛村从浴池里出来后，四周已经睡得悄无声息。旧走廊里，岛村每踩一步，玻璃门都微微作响。长廊尽头的账台拐角那里高高站着一个女子，裙裾在冷冷发着黑光的地板上展开。

　　果真当艺伎了？看见裙裾，岛村心里一惊。远远看去，那既不朝这边走来又没做出屈身相迎姿势的一动不动的站立身姿让他感受到一种较真的东西。他急步上前，但即使站到女子身旁也一声不吭。女子也没出声，那张涂满白粉的脸似乎想要微笑，却成了哭相。这么着，两人不声不响地往房间那边走去。

　　尽管发生了那样的事，但岛村一没写信，二没来见，说好寄来的舞蹈样本也言而无信——在女方看来，只能认为是他对自己一笑了之、一忘了之。就顺序来说，本应由岛村首先道歉或说明缘由，但闷头行走的时间里，女子非但不责怪他，反而浑身漾出亲切感。得知这一点，岛村愈发觉得无论说什么，自己的话语都只会发出空洞的回声，因而任凭自己沉浸在被她的气势压倒的甘美的欣喜之中。但来到楼梯下面时，岛村突然把仅仅伸出食指的攥起的左拳伸到女子眼前。

　　"这家伙记你记得最清楚。"

　　"是吗？"女子握住他的手指不放，手拉手似的爬上楼梯。

　　在被炉前松开手后，女子"唰"一下子红到脖颈，为了掩饰，又赶紧抓起他的手。

　　"这个记得来着？"

　　"不是右边，是这边。"岛村把右手从女子的手掌间抽出，放到被炉上，重新递出左拳。

　　女子若无其事地含笑说道：

"嗯，晓得了。"说着，打开岛村的手，把脸贴在上面。

"这个肯记得的?"

"嗬，好凉。这么凉的头发我还是第一次碰。"

"东京还没下雪?"

"那时你那么说来着，可那到底是谎话。若不然，谁会在年底跑来这么冷的地方呢?!"

那时——那是雪崩危险期过后进山踏青时节。

通草的嫩芽也很快就会从食谱中消失。

养尊处优的岛村甚至对大自然和自己本身都往往失去真诚。为了找回真诚，他时常独自爬山，认为爬山最好。那天夜晚他也是从县界的山上下来的，时隔七日来到温泉村，要求找一个艺伎。但那天因有修路竣工庆典，村里的蚕茧库兼小剧场被用作宴会场所，热闹非凡，十二三个艺伎不够用，他归终未能得到。不过，师傅家的姑娘就算去宴会场所帮忙，也只是跳两三支舞蹈就回来，说不定会过来这里。岛村催问时，女佣大体说了这样一番话：教三弦和舞蹈的师傅家的姑娘虽然不是艺伎，但有大型宴会时也会受托赶场。由于没有雏伎，而多是懒得跳舞的年过三十的女人，所以年轻姑娘备受呵护，极少单独去旅馆客人的房间，但不能说完全守身如玉。

岛村不以为然，认为这纯属奇谈。大约过了一个小时，一个女子被女佣领来，岛村整理了房间。女子拉住马上起身出门的女佣的衣袖，让她重新坐下。

女子给人的印象甚是洁净，洁净得不可思议，想必连脚趾窝都一干二净。岛村甚至怀疑是由于自己的眼睛刚看罢初夏山峦的关系。

她的穿着固然有近似艺伎的地方，但不消说，裙裾没有拖地，质地柔软的单衣莫如说穿得规规矩矩。唯独衣带似乎贵得不相称，但那反而显得楚楚可怜。

趁他们开始谈山之机，女佣起身离开。女子不大清楚可以从这村子望见的那些山的名称，岛村也没心思喝酒。女子意外直率地告诉岛村，她也是这雪国出身，在东京陪酒期间被人赎出，最后打算作为日本舞蹈师傅维持生计，不料不出一年半，对方就死了。同那人死别之后到现在的事说不定是她真实的身世，但看样子她不急于公开。她说她十九，若非谎言，这十九看上去像二十一二。岛村这才从中觅出一丝宽释，开始谈歌舞伎。对于演员的艺风和行踪，女子知道的比他还要详细。也许由于渴望得到这种谈伴的关系，女子说得如醉如痴。说着说着，她开始表现出花街柳巷女子特有的随和，也好像大体懂得男人的心思。尽管如此，岛村还是认定对方未谙性事，加之有一星期没正经与人交谈，所以言谈举止充满对人的眷恋，在女子身上他首先感受到的是类似友情的东西。山间的感伤反映到他对女子的态度上面。

第二天下午，女子把泡澡用品放在走廊外面，顺路进入岛村的房间。

女子还没坐稳，岛村就突然要她找个艺伎。

"找艺伎?"

"那还不明白吗?"

"不干。做梦都没想到你会求我做那种事。"女子一下子走到窗边,眼望县界上的群山,但脸颊很快泛起红晕。

"这里没那样的人的。"

"说谎!"

"真的。"她迅速转过身来,在窗边坐下,"强制是绝对没用的,都是艺伎们的自由,旅馆也一概不帮这个忙。不骗你,真的。你直接找人说好了。"

"由你去说嘛!"

"我为什么非做这个不可?"

"朋友嘛!因为想把你当作朋友,才没对你好说歹说。"

"那就是朋友?"女子不由得带出孩子气,但接下去仍不屑地说道,"真有你的,那种事居然也能求我!"

"不是什么大不了的事嘛!我在山上得了力气,脑袋总不清爽,跟你也根本不能聊得痛痛快快。"

女子沉下眼睑,默不作声。这样一来,岛村只好整个亮出男人的厚脸皮,而女子对此早已心知肚明、习以为常。在岛村看来,也许由于她眼睫毛浓密的关系,眼睑下垂,显得温馨而又冶艳。在他如此注视的时间里,女子的脸庞微微左右摇摆,继而微微泛红。

"找你喜欢的好了。"

"这不是在问你吗?我初来乍到,不知哪个漂亮。"

"漂亮?"

"年轻的好,年轻的反正差错少。说话不絮叨的好,不呆愣愣、脏兮兮的好。想说话时和你说。"

"我再不来了。"

"瞎说!"

"哎呀,不来的。来干什么?"

"想和你清清白白地交往,所以不是没有对你甜言蜜语吗?"

"让人吃惊。"

"假如有那样的事,没准明天我就不愿意见你了,说话也不会再这么起劲儿了。从山里来到有人烟的地方,好容易才和人亲近,所以不对你花言巧语。我么,毕竟是游子。"

"呃,当真?"

"当然。就你来说,要是对方是你讨厌的女人,以后相见,心里也会感到别扭吧?而那女人若是自己找的,恐怕还会好些。"

"不知道!"女子狠狠抛出一句,转过脸去,却又说道,"那倒也是。"

"那样一来就完了,有什么意思?长久不了的吧?"

"那是,真都是那样。我生在海港,这里是温泉村对吧?"女子换上意外爽快的语气,"客人大多是来旅游的。我虽然还是孩子,但从很多人口中听说过,到底还是不知不觉地喜欢上而当时又没说喜欢的人,能让人长期思念,让人难忘。分别后好像都这样。对方也想起来信的，一般都是这一类人。"

女子从窗边立起，轻轻坐在窗下的榻榻米上，仿佛回忆久远的过去。她却又突然变为坐在岛村身边的表情。

女子的语声的确充满真情实感。这让岛村有些内疚，觉得自己可能骗她骗得太容易了。

但岛村没有说谎。总之，女子并未沦落风尘。他对女人的欲望不必在这个女子身上得到满足，而可以不留愧疚地随便解决。她过于洁净，岛村看第一眼时就把这事同她区分开来。

而且，当时岛村正为选择夏天的避暑地举棋不定，有可能和家人一起到这温泉村来。若女子幸好是良家姑娘，那么也可以请她陪太太游玩，无聊的时候还可以跟她学一支舞蹈。岛村确实是这样想的，虽说在这女子身上感觉出了类似友情的感情，但那也不过是浅尝辄止。

当然，这里想必也有岛村所见夜景镜子的因素：一来他不愿意同眼下这个身世不明的女子弄得不清不浑；二来可能同他的非现实性看法有关，就像看火车玻璃窗中映出的女子脸庞那样。

他的西方舞蹈爱好也是如此。他是在东京平民区长大的，从小就熟悉歌舞伎表演，上学期间喜欢亲近传统舞蹈和歌舞伎舞剧。他生性喜好刨根问底，于是到处寻找古代记录或走访各派宗师，同日本舞蹈的新秀也很快相识了，甚至开始写带有研究和批评性质的文章。理所当然，无论是对日本舞蹈传统的"休眠"，还是对新派尝试的自命不凡，他都产生了无可遏止的不满，一时跃跃欲试，以为往下只能实际投身到运动中去。即使每有日本舞蹈新秀相邀，他也一忽儿转投西方舞蹈阵营，日本舞蹈一眼也不看了，转而收集西方舞蹈的书籍和照片，就连海报和节目表之类也想方设法从外国搞到手里。这绝非出于对异国和未知的好奇心。他之所以能从中找到新的乐趣，是因为自己无法亲眼看到西方人的舞蹈。作为证据，岛村对日本人跳的西方舞蹈根本不屑一顾。再没有比依靠西方的印刷品写西方舞蹈更轻松的事了，世上不存在所谓"不看"的舞蹈。这纯属纸上谈兵，天国之诗。虽号称研究，其实不过是想入非非罢了。他欣赏的不是舞蹈家活生生的肉体跳的艺术，而是从西方的话语和照片中浮现出来的、他自身的空想起舞的幻影，一如向往不相见的恋情。而且，由于他不时撰文介绍西方舞蹈，因而被列入作家的末座。他对此自我冷笑，有时却又成为没有职业的他的一种精神慰藉。

这些关于日本舞蹈的谈话之所以使得女子亲近自己，固然是因为那些知识时隔好久终于实际派上了用场，但也可能同岛村不知不觉之间将女子作为西方舞蹈看待有关。

因此，当他发现自己带有淡淡旅愁的话语似乎触及女子生活的痛处时，不由得因有可能欺骗女子而感到内疚。

"这样一来，下次即使我带家人来，也能和你放心地玩了。"

"嗯，这个我已经清楚了。"女子压低声音微微一笑，又马上像艺伎似的欢快起来，"我也喜欢那样，淡淡的交往才能长久啊!"

"所以给我找一个来嘛!"

"马上?"

"马上。"

"想不到啊!大白天岂不是什么都说不得的?"

"不想留下余物。"

"瞧你说的!你把这地方错当成只顾赚钱的温泉景点了吧?光看村里的情形也该明白才是。"女子以甚是意外的认真语气,反复强调这里没有那样的女人。岛村表示怀疑,女子较起真来,但终归让了一步:怎么做是艺伎的自由。只是,不和东家打招呼就擅自留宿是艺伎的责任,怎么样都和这边无关;而若和东家打了招呼,那么就是雇主的责任,要永远关照下去。只这点有所不同。

"什么责任?"

"有了小孩啦,身体不好啦什么的。"

岛村一边为自己愚蠢的提问苦笑,一边心想这山村里真可能有这种一厢情愿的事情。

养尊处优的他自然有寻求保护色之心,也许因为这点,他对旅行所到之处的人气有本能的敏感。但这次从山上下来,他很快从这山村简朴的场景中感受到一种悠然自得的东西。到旅馆一问,果不其然,即使在这雪国,这山村也是生活最为悠闲的村落之一。在近年铁路开通之前,这里一直是农户人家泡温泉的地方。有艺伎的都是餐馆和卖年糕小豆汤的店铺等挂着褪色门帘的地方,看那被烟熏黑的老式纸拉门,很难相信会有人光顾。此外,日用杂货店和糕点铺也有雇用一个艺伎的。主人们除了开店,好像还在田里耕作。也许因是师傅家姑娘的关系,没有"鉴札"①的姑娘即使偶尔去宴会场所帮忙,也不至于有艺伎说三道四。

"那么有多少呢?"

"艺伎?十二三个吧。"

"什么样的人好呢?"岛村起身按铃。

"我回去?"

"你回去不行。"

"讨厌!"女子像要挣脱屈辱似的说道,"我回去。你放心,你怎么都无所谓。我还会来的。"

但看到女佣进来,她又若无其事地重新坐好。女佣问了好几遍叫谁,女子也不指名。

很快有个十七八岁的艺伎赶来。然而,岛村只看了一眼,从山里来到村子时对女人的欲望当即不翼而飞。她的胳膊一直黑到皮肤里面,瘦骨嶙峋,一副不谙世事的样子,看上去人不坏,所以岛村往艺伎那边看时尽可能不做出扫兴的表情,但实际上闪入眼帘的仅仅是她身后窗外新绿初染的群山。他连说话的力气都没有了。典型的山村艺伎,岛村一声不响。女子似有所觉,于是默默起身离开。而这一来,气氛更尴尬了。尽管如此,时间还是过去了一个多小时。在设法打发艺

---

①"鉴札":当时由警察署颁发的艺伎从业许可证。

伎回去的时间里，岛村想起有电汇，于是借口赶邮局的时间，同艺伎一起走出房间。

但是，一在旅馆门口抬头看见绿得呛人的后山，岛村就像受其引诱似的三步并作两步往山上爬去。

不知有什么好笑的，他独自笑个不止。

差不多爬累的时候，他一转身撩起和服后襟，一溜烟跑下山来。两只黄蝴蝶从脚前飞起。

蝴蝶飞得难解难分，越飞越高，很快高过县界的山顶，黄色变成白色，远远消失不见了。

"怎么了？"女子站在杉树荫里，"笑得好像那么开心。"

"算了。"岛村又莫名其妙地忍俊不禁，"算了。"

"是吗？"

女子忽然转向那边，慢慢走进杉树林。岛村默默跟在后边。

里面有一座神社。生苔的石狮旁边有一块平坦的岩石，女子弓腰坐在上面。

"这里凉快得不得了，盛夏也有凉风。"

"这里的艺伎，都那个德行？"

"半斤八两吧！年纪大些的倒是有人长得漂亮。"女子兴味索然地低头应道，脖颈上似乎映出杉树林微暗的绿色。

岛村仰望杉树梢。

"已经可以了，体力一下子全没了，说起来是有些奇怪。"

杉树很高，不在岩石上向后撑臂挺胸就看不见梢，而且树干整齐排成一条直线，暗叶蔽空，阒无声息。岛村靠背的树干是其中最有年头的。不知何故，只有北侧的树枝彻底枯了，一直枯到树梢。剩下的枝干宛如倒立的尖桩一个接一个围着树干，俨然某种凶神恶煞的武器。

"是我的错觉啊！从山上下来就看见了你，以为这里的艺伎一定漂亮。想得太天真了。"岛村笑道。

他这才意识到，自己之所以想把在山中七日养成的体力消耗一空，其实是因为看见了这位洁净的女子。

女子凝眸注视夕阳辉映下的远处的河流，开始闲得无聊。

"啊，忘了，你要吸烟吧？"女子尽量放松语气，"我刚才折回房间，你已经不在了。心想怎么回事呢，原来一个人气呼呼地爬山去了。从窗口看见的。滑稽！你好像忘带烟了，就替你拿了过来。"

女子从衣袖中掏出岛村的香烟，擦燃火柴。

"觉得有些对不起那孩子。"

"什么时候打发，那不是随客人的便吗？！"

听得的全是水流声，河里石头多，声音圆润甜美。从杉树间可以望见对面山坡幽暗的皱襞。

"如果不是和你差不多的女人，往后见到你时岂不懊悔？！"

"那谁知道。好一个死不认输的人。"女子悻悻嘲笑似的说道。一种和找艺伎前完全不同的感情在两人间流过。

一开始仅想得到这个女子，结果照例绕了个弯儿——清楚认识到这一点后，岛村一方面厌恶自己，另一方面更觉得这个女子美丽动人。在杉树荫里同自己打过招呼后，女子的形象那般清爽，有一种超尘脱俗之感。

细细高高的鼻子多少透出凄寂，但下面小小聚拢的嘴唇宛如美丽的水蛭环伸缩自如，即使沉默时也给人以动感。若有皱纹或色调不好，难免显得不够洁净，但并非那样，而是闪着湿润的光泽。眼角不高不低，仿佛刻意笔直画出的眼睛总好像有些滑稽，而稍微偏下的聚生短眉毛恰到好处地将其罩起。颧骨略高的圆脸虽然轮廓平庸，但皮肤犹如白瓷微微挂红，加之脖根都没有脂肪堆积，与其说是美人或是什么，莫如说洁净更为合适。

作为也曾出去陪酒的女子，她多少有些鸡胸。

"喏，不知什么时候有蚋聚了上来。"女子撩了一下裙裾站起身来。

如果就这样在这静寂中坐下去，两人的表情肯定显得百无聊赖。

那天晚上大约十点钟吧，女子在走廊大声喊岛村的名字，她像被扔进来似的扑通一声闯进岛村的房间，当即扑倒在桌子上，用喝醉的手势将桌面上的东西抓得乱七八糟，咕嘟咕嘟大口喝水。

她说去年冬天在滑雪场熟识的男子们傍晚翻山过来，碰上她后跟到旅馆，他们让她叫艺伎，闹得一塌糊涂，她被迫喝了酒。

女子昏昏沉沉独自说个不停。

"对不起，我还得出去，他们正找我呢，一会儿再来。"说罢，东摇西晃走了出去。

过了一个来小时，长走廊里再次响起杂乱的脚步声，似乎到处撞来倒去的样子。

"岛村、岛村，"女子尖声叫道，"啊，怎么不见啊，岛村？！"

那分明是女人毫不掩饰地喊叫自己男人的语声。岛村没感到意外，但由于尖厉的声音无疑响彻整个旅馆，于是他困惑地站起身来。女子手指抠进拉门纸，抓着门框摇晃着直接瘫倒在岛村身上。

"啊，你在房间啊！"女子和他相拥坐下，身体靠着他。

"根本没醉，哪里会醉呢？难受，只是难受。心里清醒着呢，喝……想喝水……掺威士忌的酒喝不得的，那东西上头，头痛。那些人买的便宜酒，我不知道的。"女子如此说着，用手心一个劲儿搓脸。

外面的雨陡然变猛。

岛村的胳膊稍一放松，女子便瘫软下来，她的头发像被岛村的脸颊压乱似的缠着脖颈，岛村的手得以伸进她的怀里。

女子并不答应岛村的要求，交叉的双臂像门闩一样按在他需求的东西上面，但也许大醉的缘故，她用不上劲儿。

"什么呀，这东西！混账，混账，一点劲儿也没有，这种东西！"随即突然咬在自己的臂肘上。

岛村惊讶地拉开一看，已留下很深的齿痕。

但是，女子不再挣扎，就那样在他手心乱写起来。说要写自己喜欢的人的名字，一连写出二三十个戏剧和电影演员的名字，接着写"岛村"，接连写了无数个"岛村"。

岛村手心处那幸运的肉块渐渐热了起来。

"啊，放心了，放心了。"他释然说道，甚至感觉出类似母爱的东西。

忽然，女子再次痛苦起来，挣扎着起身，扑倒在房间对向的角落里。

"不行、不行，回去，我得回去。"

"哪里走得了？这么大的雨！"

"光脚回去，爬回去。"

"危险，要回去，送你回去。"

旅馆建在山冈上，有很陡的坡路。

"松一松衣带，或稍微躺一会儿，醒醒酒怎么样？"

"那不行的，就这样好了，习惯了。"女子像样地坐好，挺起胸，但喘气仍那么痛苦。开窗吐也吐不出来，样子像是咬紧牙关，以免倒地翻滚，时不时毅然决然地重复说"回去、回去"。不知不觉过了下半夜两点。

"你睡好了，喂，不是叫你睡了吗？！"

"你怎么办？"

"我就这样，醒醒酒就回去。趁天没亮回去。"女子说着，爬过来拉岛村。

"我不是说你睡你的，别管我吗？！"

岛村躺下后，女子伏在桌子上喝水。

"起来，喂，不是叫你起来吗?!"

"到底叫我怎么的?"

"还是躺下吧。"

"瞧你说的什么!"

岛村起身把女子拖了过来。

一会儿，脸那边躲这边藏的女子猛一下子递出嘴唇。

但接下来也莫如像是诉说痛苦似的语无伦次。

"不行，不行的。你不是要做朋友的吗?"如此不知说了多少遍。

岛村被女子认真的语声所打动，同时被她蹙起眉头拼命克制自己的顽强意志弄得兴味索然，以致心想自己恐怕也应信守自己对女子的承诺。

"我没有什么可惜的东西，绝不是可惜什么。可我不是那样的女人，不是那种女人。你自己不是说过吗？那样长久不了。"因为醉酒，她差不多麻痹了。"不是我不好，是你不好，你说了不算的。是你软弱，不是我。"女子连珠炮似的说着，为了不被快感吞没而咬着手腕。

她无精打采地安静了好一阵子，而后忽然想起，刺刺地说：

"你在笑……笑我!"

"谁笑了?"

"你在肚子里笑。就算现在不笑，以后也肯定笑。"女子伏下身子抽泣。

但她很快停止哭泣，温柔地主动贴上身来，细细地讲起自己的身世，一副讨人喜欢的样子，醉酒的痛苦像被忘记似的一扫而光，刚才的事也只字不提。

"哎呀，光顾着说话了，一点儿都不知道的。"女子转而现出恍惚的微笑。

她说必须赶在天亮前回去。

"还黑着呢。不过这一带的人起得早。"她几次起身开窗往外看。

"还看不见人脸呢。今早下了雨，谁也不会下田的。"

对面的山峦和山脚下的房脊在雨中浮现出来以后，女子仍好像难以动身，到旅馆的人快要起来的时候才理好头发，连岛村要送到房门口也怕被人看见，赶紧一个人逃跑似的离去了。岛村当天返回了东京。

"那时你那么说来着，可那到底是谎话。若不然，谁会在年底跑来这么冷的地方呢?！事后我也没笑你的！"

女子蓦地扬起脸，在岛村手心贴过的眼睑和鼻子两侧泛起红晕，红晕从浓厚的脂粉下透了出来。那让人想到雪国夜晚的寒冷，同时又因浓密的黑发而让人感到温暖。

女子脸庞浮起令人目眩的微笑，也许想起了"那时"，如此时间里岛村的话也好像渐渐浸染了女子的身体。每当女子猛然垂下头去，岛村甚至可以透过衣领看到她发红的后背，仿佛活色生香的裸体整个露出。而同头发颜色的对比，更让人产生那样的联想。额前的头发虽然长得不够细密，但发丝差不多和男人的一样粗，两鬓一根散乱的头发也没有，闪着黑矿石一般滞重的光泽。

刚才手碰上去，之所以为第一次碰这么凉的头发而吃惊，恐怕不是因为寒气，而是因为这种头发本身的缘故，岛村于是重新细看。女子开始在被炉上掰手指，掰个没完没了。

"计算什么呢？"岛村问。

问也不出声，她继续掰着手指数了好一会儿。

"五月二十三日啊！"

"是吗？原来在数日子。七月、八月可都是大月哟。"

"哎，一百九十九天，正好一百九十九天。"

"五月二十三日？记得可真清楚。"

"看日记就知道了。"

"日记？写日记的？"

"嗯，喜欢看过去的日记。什么都照写不误，自己看都不好意思。"

"什么时候开始的？"

"在东京陪酒之前。那个时候不是没钱吗？自己买不起，就在两三分钱的杂记本上按上格尺，拉上细线，线细得就像削尖的铅笔，整整齐齐。我就在那杂记本上，从上端写到下端，小字挤得满满的。自己买得起后就不行了，用起来不当回事。练字也一样，过去写在旧报纸上，如今直接写在成卷的信纸上,是吧?"

"一直坚持写日记?"

"嗯,十六岁的时候和今年最有意思。平时从宴会场所回来换上睡衣后写,但有时回来得晚,对吧?写着写着就睡着了,现在都能看出是写到哪里睡过去的。"

"是吗?"

"但也不是每天,也有不写的时候。这样的山乡,宴会应酬不也是千篇一律!今年只买到每页带日期的,买糟了,写起来无论如何都有写长的时候。"

同写日记相比,更让岛村感到意外的是她从十五六岁开始就把读过的小说一一写了下来,写的杂记本已有十本之多了。

"写感想?"

"感想什么的写不来,写的都是书里出现的人物名字和那些人之间的关系,也就这些。"

"那种东西写下来不是也没用?"

"是没用的。"

"徒劳!"

"是啊。"女子无所谓似的爽快应道,但眼睛定定看着岛村。

纯属徒劳——不知何故,岛村刚想这么加大声音的那一瞬间,一种雪声般的岑寂浸入体内,他被女子吸引住了。其实他也知道,对于女子那不至于是徒劳,但劈头来一句"徒劳",好像反倒使他感觉出了她这一存在的纯粹。

女子谈的小说,听起来似乎是同日常使用的"文学"两个字无关的东西。她同这个村子的人之间,只存在换着看妇女杂志那样的友情,此外好像都是一个人单独看书,没有选择,没有多深的理解。只要小说和杂志是在旅馆房间等地方发现的,情形自然像是借读。而她随想随说的新作家的名字,有不少是岛村不知晓的。但她的语气简直就像讲遥远的外国文学似的,有一种类似不贪心的乞丐的哀响。岛村试着想:自己根据外国书中的照片和文字遥遥幻想西方舞蹈,恐怕也是同一回事。

她还津津有味地说起看也不曾看过的电影和戏剧,想必是多少个月来渴求这种说话对象的结果吧。一百九十九天前便是如此如醉如痴的说话促使她主动投怀送抱的——看来女子连这点也忘了,再次被自己的话语描绘的一切弄得身体发热。

不过,那种对城市性质的东西的向往,现在也好像笼罩在直率的失望之中,成了一场天真的梦境。因而,较之城市逃离者高傲的不平,单纯的徒劳之感更为强烈。她本身倒是没有因此怅惘的神态,但在岛村眼里未尝不是奇异的悲哀。如果沉溺于这一情思,岛村自己的生存也属徒劳这种缥缈的感伤势必将他淹没。但眼前的女子因了山林之气的感染,显得生机勃勃,满面生辉。

不管怎样,这使得岛村对她刮目相看,在对方已经成了艺伎的现在反而很难说出口了。

当时她烂醉如泥，咬在麻痹得不顶用的手腕上，甚至狠狠咬着臂肘不放。

"什么呀，这东西！混账，混账，一点劲儿也没有，这种东西！"女子站不起来，咕咕噜噜翻来滚去，"绝不是可惜什么。可我不是那样的女人，不是那种女人。"

这句话岛村也想起来了。他犹豫之间，女子马上觉察出来，反击似的说：

"零点的上行车！"

这时正好有汽笛声传来。女子立起身，猛一把拉开纸拉窗和玻璃窗，把身体摔向栏杆，随即坐在窗台上。

冷空气忽一下子涌进房间。汽笛声越来越远，最后听起来像是夜风了。

"喂，不冷吗？傻瓜！"

岛村也立起身来。

风没有了。

夜景甚是清冷，仿佛从地底深处发出遍地积雪冻结的声音。没有月光，仰面看去，多得难以置信的星星银灿灿闪现出来，感觉上似乎正以虚幻的速度不断下落。天空愈发辽远，夜色愈发深沉，县界上的山峦已经重重叠叠、难分彼此，厚墩墩、黑魆魆、沉甸甸，坐落在星空下。一切清冽静寂，浑融一体。

发觉岛村靠近，女子把胸口压在栏杆上。那样子不是孱弱不堪，而是以如此黑夜为背景表现出的无比固执。岛村心想：又来了！

可是，尽管山色那么黑，但看上去——不知什么缘故——却像是真真切切的白雪颜色。这样一来，感觉山峦显得剔透而又寂寥，天空和山峦没有相互融合。

岛村抓着女子的前颈说：

"会感冒的，这么冷。"他想用力把她扶去后面。

女子扑住栏杆不动，声音含糊地说：

"我回去。"

"回去！"

"再让我这么待一会儿。"

"那么，我去泡澡好了。"

"不成，待在这里！"

"关上窗！"

"再让我这么待一会儿。"

村子一半隐没在守护它的杉树林的阴影里。开车相距不到十分钟路程的车站的灯光，因为寒冷似乎"乒乒"作响，像要坏了似的闪闪眨眼。

女子的脸颊也好，窗户的玻璃也好，自己的棉袍袖子也好，对岛村来说，大凡手摸的东西全都第一次觉得这么冰凉。

就连脚下的榻榻米也是冰凉的。于是他要一个人去浴池。

"请等一下，我也去。"女子这回乖乖跟了过来。

正当女子把他脱扔的东西归拢到衣篓里时，有男住客走了进来，发觉有女子缩起身子往岛村胸前藏起脸，道了一声

"啊，失礼了"。

"哪里，请、请。我去那边浴池。"

岛村连忙说了一句，便赤身裸体抱起衣篓朝旁边的女浴池走去。女子当然装作夫妇模样跟来。岛村默不作声，头也不回地跳进温泉，放心之后，忍不住要放声大笑，赶紧把嘴对在出水口，大声漱口。

岛村折回房间，女子轻轻地从枕头上抬起脖颈，一边用小指撩起鬓发，一边说了一句：

"伤心啊！"

岛村以为女子半睁着黑眼睛，凑近一看，原来是眼睫毛。

神经质的女子一夜未睡。

岛村睁眼醒来，大概是给女子捋硬衣带的动静吵醒的。

"早起对不起啊。还黑着呢。哎，不看看？"女子熄掉电灯，"能看见我的脸？看不见？"

"看不见。天不是还没亮吗？"

"骗人。不好好看不行的。怎么样？"女子打开窗户，"不看不行。看见了吗？我回去了。"

岛村为黎明的寒冷吃了一惊，从枕头上抬起头来一看，天空虽仍是夜色，而山却已是早晨了。

"对了，不要紧的。现在是农闲时期，没人这么早出动，不过上山的人也许有。"如此自言自语的时间里，女子拖着还没系好的衣带移动步子，"刚才五点的下行车怕是没有客人来，旅馆的人还没起来呢。"

系完衣带后，女子还是忽而起来，忽而坐下，总是眼望窗口走来走去，就像害怕早上来临的夜行动物一样坐立不安。看样子，她莫名其妙的野性即将发作。

如此一来二去，或许因为房间里面也变亮了，女子红红的脸颊分外醒目，红得那么鲜艳，简直令人难以置信。岛村看得呆了。

"脸蛋通红通红的，多冷！"

"不是冷，由于洗掉脂粉的关系。我一钻进被窝就一下子热到了脚尖。"女子对着枕边的梳妆镜说道，"天终于亮了，我得回去了。"

岛村看着那边，缩了缩脖子。镜子里面闪着皎洁的光的是雪，雪中现出女子通红的脸颊，那是一种难以形容的洁净之美。

大概太阳升起来了，镜子里的雪开始带有冷冷燃烧般的辉煌，雪中浮现的女子秀发也随之多了艳丽的泛着紫光的黑黢。

也许怕雪堆积，从浴池里溢出的热水沿着临时修建的水沟围着旅馆的外墙流淌，而在房门前面，则像浅浅的泉水一样扩展开来。一只勇猛的黑毛秋田犬蹲在那里的踏脚石上，久久舔着热水。估计是从仓库中拿出的客用滑雪板被晾成一排，其轻微的霉味因热气而变得发甜。从杉树枝间落在共用浴池房脊上的雪块也像温暖的物体一样崩溃变形。

不久，从年底进入正月之后，那条路就会因暴风雪而踪影皆无。那时就必须身穿窄腿裤和长靴，裹起斗篷，戴上防雪面罩赶去宴席了。届时雪深有一丈之多。女子这么说着，从山冈上的旅馆窗口俯视黎明前的坡路，而岛村此刻正沿此坡路往下走。当他走到路旁晾得高高的尿布下面时，县界的山岭出现了，雪光也已变得从容不迫，青葱也还没有被雪埋上。

村里的小孩在田野上坐着雪橇玩耍。

岛村走进路口的村子，静静的滴雨声传来耳畔。

房檐上小小的冰流苏显得玲珑剔透。

抬头看见扫落房顶积雪的男子，一个泡澡归来的女人晃眼睛似的用毛巾擦着额头问：

"哎，顺便把我们的扫扫可好？"

想必是在滑雪季节前早早赶来的女工。旁边是一家咖啡馆，玻璃窗上的彩绘旧了，房顶也歪了。

几乎所有人家的房顶都是用细木板苫的，上面并排压着石块。那些圆石唯独朝阳的半面在雪中露出黑色的表皮，那黑色看上去与其说是湿乎乎的，莫如说像是长年风吹雨打形成的黑斑。而且，家家户户的房子也都类似石块，低矮的房檐一动不动地伏在地面上。那是一种北国特有的景象。

小孩子们不断抱起水沟里的冰，扔在路上玩耍，想必是觉得冰凌一下子破碎四溅时的光闪有意思吧。站在阳光中看去，冰凌的厚度简直令人难以置信。岛村看了好一阵子。

一个十三四岁的女孩儿一个人靠着石墙织毛线。她穿着窄腿裤和高跟木屐，但没穿袜子，发红的光脚板现出皲裂。一个大约三岁的小女孩儿骑着旁边的柴火捆，天真可爱地手拿一个毛线团。从小女孩儿拉向大女孩儿的那条灰色的旧毛线闪着暖暖的光。

七八所房屋前头的雪橇厂里传出刨子的响声。另一侧的房檐下有五六个艺伎站着聊天。岛村猜想今早从旅馆女工口中听得的艺名叫"驹子"的那个女子也可能在那里。果然，好像只有她看见岛村走来，单独做出一本正经的表情。她肯定满脸通红，没等岛村多想——岛村希望她显得若无其事，驹子早已红到脖颈了。既然这样，背过身去岂不更好！可是驹子突然随着他步子的移动，一点点转过脸来，尽管很别扭似的伏下眼睛。

岛村也脸上发烧，紧走几步通过。不料驹子追了上来。

"不好办啊，怎么从这里通过？"

"不好办？我才不好办呢！齐刷刷那种阵势，吓得我不敢通过。总那个样子？"

"是啊，直到偏午时候。"

"你红着脸啪嗒啪嗒追过来，不是更不好办了？"

"无所谓的。"驹子清楚地说道，但脸又红了，当场停住脚步，手扶路旁的一棵柿子树。

"跑来是想请你到我家里看看。"

"你家在这里？"

"嗯。"

"就是说,既然让我看了日记,到你家里也可以了?"

"那东西烧掉后我才会死的。"

"可你家里不是有病人吗?"

"哎呀,什么都知道!"

"昨晚你不也去接站了吗?穿一件深蓝色斗篷。在火车上,我坐得离病人很近。一个姑娘照料病人,照料得那么认真,那么热心,那是他夫人吧?从这里接他的人?东京人?活像母亲似的,看得我很感动。"

"昨晚你为什么没讲给我?为什么瞒着?"驹子动了气。

"是夫人吧?"

但驹子没有回答。

"为什么昨晚没讲?怪人!"

岛村不喜欢女子的这种敏锐。但是,使得女子如此敏锐的缘由,岛村觉得无论在自己还是驹子身上都应该是没有的,所以不妨看作是驹子性格的反映。总之被她这么反复追究起来,他开始觉得碰到了自己的痛处。今早在映有山雪的镜中看驹子时,岛村当然也想起了映在傍晚的火车窗玻璃中的少女,可为什么没讲给驹子呢?

"有病人也无所谓,反正我的房间谁也没上来过。"说着,驹子走进低矮的石头院墙内。

右边是积雪的庄稼地,左边沿邻家院墙并立着柿子树。房子前面像是花圃,正中间一个小莲花池里的冰已被捞至池边,红色的锦鲤游来游去。房子也如柿子树的树干一样老朽了。积雪斑驳的房顶木板已经腐烂，在房檐上勾勒出波纹形状。

他们走进裸土间，静静的、冷冷的，什么都没看清就爬上了梯子。那是真正的梯子，上面的房间是真正的阁楼。

"本来是蚕房的，吓一跳吧？"

"这样子，喝得大醉回来居然没从梯子上掉下去！"

"掉下来着。掉下来就钻进下面的被炉，一般都直接睡了过去。"驹子把手伸进被炉试了试，起身取火。

岛村四下打量这不可思议的房间。仅南面有扇低矮的采光窗，细格拉窗重新换过纸，阳光明晃晃地照在上面。墙壁上也小心贴着半纸①，所以感觉上像进了旧纸箱。头上即是完全裸露的房顶，越靠窗口越低，就像黑色的静寂②压在头顶。墙壁那边是怎样的呢？如此想着，岛村觉得这个房间仿佛吊在空中，有些不太安稳。不过，墙壁和榻榻米虽然旧，但十分洁净。

恍惚之间，驹子也好像以蚕一般透明的身体住在这里。

被炉上盖着和窄腿裤同是格纹布料的棉被。箱子虽旧，却是木纹工致的桐木，似乎是驹子在东京生活的纪念物。另外有个与此不相称的粗糙的梳妆台。红漆针线盒仍在炫示其奢侈的光泽。墙上分层钉的木板，可能是书架，上面挂有针织窗帘。

---

①半纸：规格大约为25cm×35cm的一种普通日本纸。原为整张纸的一半，故有此称。
②黑色的静寂：作者在这部作品中常从感性角度以色彩表达喜怒哀乐。

昨晚的宴会服装挂在墙上，衬衣的红里子露在外面。

驹子手拿一把火铲，灵巧地爬上梯子。

"倒是从病人房间里拿来的，不过听说火是干净的。"驹子垂下刚刚梳起的头发，拨弄火炉的灰，介绍说病人是肠结核，回故乡等死来了。

虽说是故乡，但儿子不是在这里出生的，这里是母亲的故乡。母亲在港城当完艺伎后，作为舞蹈师傅继续留在了那里，但不到五十岁的时候得了中风，返回这座温泉村里一半是为了疗养。儿子从小就喜欢机器，好不容易进了一家钟表店，就留在了港城。之后不久去了东京读夜校，大概身体吃不消了吧。今年二十六岁。

驹子一口气说了这许多。至于领那儿子回来的少女是什么人，以及驹子为什么住在这户人家里，她仍然只字未提。

尽管如此，但从这间俨然悬在半空的房间的情况判断，驹子的说话声似已四通八达，岛村为此心神不定。

出门时，一个微微泛白的东西闪入眼帘，回头一看，原来是桐木做的三弦盒，似乎比一般的大些、长些，很难相信会把这东西扛去宴会场所。岛村正这么想着，被烟熏黑的拉门开了。

"驹子，这个不可以跨过去的？"

声音清澈，好听得让人悲伤，仿佛从哪里传来的回声。

那是岛村听过的、从夜行火车窗口招呼雪中站长的叶子语声。

"可以的。"驹子回答。

于是身穿窄腿裤的叶子轻轻跨过三弦。她手里提着玻璃尿瓶。

无论是昨晚同站长说话的样子,还是这窄腿裤,都显然说明叶子是这一带的姑娘。只是,由于时髦的衣带有一半从窄腿裤上探出,使得窄腿裤的褐色和黑色的花格粗布格外显眼,针织长袖也因此而显得冶艳。窄腿裤的裤腿在膝盖偏上那里分开了,看上去缓缓胀开,而硬质棉布又好像紧绷绷的,给人一种释然之感。

但叶子只是一闪,盯视岛村一眼便不声不响地走过裸土间。

岛村走出门后,叶子的眼神也总在他额前燃烧似的晃动,如遥远的灯火一样清冷。这大概是因为岛村想起昨夜的印象:岛村注视映在火车窗玻璃上的叶子脸庞期间,有山野的灯火流往她脸庞的对面,当灯火同眸子重叠而陡然变得明亮之时,岛村为那无可言喻的美丽而感到胸口发颤。想起这点,满镜白雪中闪现出来的驹子通红的脸颊也随之出现。

脚步快了起来。尽管双腿白皙并且偏胖,但喜欢登山的岛村在望山行走之时,很快进入了忘我状态,脚步不觉加快。对于任何时候都容易进入忘我状态的他来说,那个夜景镜子和早上的雪景镜子,很难相信是人工做的。况且,那已是遥远的世界。

就连刚刚离开的驹子房间,也好像是遥远的世界。岛村对于这样的自己到底感到惊愕。登上山顶,正有按摩盲女经过，岛村像要捉住什么不放似的说道：

"按摩姐，能给我按摩一下吗？"

"好啊。现在几点了呢？"她夹起竹手杖，右手从腰带间掏出一只带盖的怀表，边用左手的指尖摸着表盘边说，"两点三十五分刚过。三点半必须赶去火车站，不过稍晚些怕也不碍事。"

"怀表时间说得真准啊！"

"啊，因为玻璃取掉了。"

"一摸就知道字？"

"字倒是不知道。"她把作为女表有些过大的银表重新取出打开盖，用手指按着，似乎说这里是十二点，这里是六点，正中间是三点。

"从中计算一下，即使不能一分不差，但也差不过两分钟。"

"原来这样。坡路什么的不会滑倒吗？"

"下雨女儿来接。夜晚为村里的人按摩，不爬来这里。旅馆的女工却说丈夫不放我出来，只好由她说了。"

"孩子大了？"

"嗯，大的十三了。"按摩女如此说着跟来房间，默默按摩了一会儿，边按边听远处宴席的三弦声。

"谁呢？"

"听三弦声能听出哪个艺伎？"

"有听得出的，有听不出的。先生，您的身体相当不错啊，好柔软的。"

"不硬吧?"

"硬,脖颈硬。胖得恰到好处,酒不喝的吧?"

"一清二楚啊!"

"认识三位正好和您体型一样的客人。"

"这种体型太普通了。"

"怎么说呢,不喝酒,的确什么有趣的事都没有。喝酒让人忘掉一切。"

"你先生喝吧?"

"喝得受不了。"

"谁呢?好差劲儿的三弦。"

"是啊。"

"你弹吗?"

"弹,从九岁学到二十岁。有了丈夫后,已经十五年不弹了。"

岛村心想,盲人大概看起来都比实际年龄年轻。

"小时候学三弦扎实吧?"

"手完全用来按摩了,但耳朵闲着。这么听起艺伎们的三弦来,有时候很焦急。对了,感觉就像过去的自己似的。"她再次侧起耳朵,"这可能是井筒家的文子。最好的和最差的,最容易听得出。"

"有弹得好的?"

"驹子那孩子,年龄虽小,可近来弹得好多了。"

"唔。"

"先生,您知道的吧?说好也到底是这种山里边的好。"

"那我倒不知道。不过昨晚和师傅回家的儿子坐同一班火车来着。"

"哦，好了回家来的？"

"好像没好。"

"啊？那家的儿子在东京病了很久。听说驹子那孩子今年夏天当了艺伎，给医院寄钱来着。怎么样了呢？"

"驹子？"

"也罢，只要尽到最大努力，就算未婚妻了。可以后……"

"未婚妻？这是真的？"

"真的，听说是未婚妻。我不了解，可大家都那么说。"

在温泉旅馆从按摩女口中听得艺伎的身世，这是再平常不过而又令人意外的事。但驹子为了未婚夫而当艺伎，岛村就觉得很难按平常逻辑理解了，或许因为触及道德观念的关系。

按摩女觉察出他想深入了解个中原委，随即沉默下来。

假如驹子是师傅儿子的未婚妻，叶子是其新的恋人，而师傅的儿子又不久死去……岛村脑海里再次浮现出"徒劳"两个字。驹子为履行未婚妻的承诺也好，沦落风尘让其疗养也好，一切都只能是徒劳。

刚见驹子时岛村就想劈头扔给她"徒劳"两个字，而这反而使得岛村感觉出了她这一存在的纯粹。

这虚伪的麻痹带有寡廉鲜耻的意味，岛村静静地品味着。在按摩女回去后他躺倒的时间里，仍有一种透心凉的感觉。他意识到时，窗户仍开着没关。

山谷间太阳落山早，暮色已冷飕飕垂了下来。因了这种幽暗，夕阳仍照在雪上的远山仿佛一下子被拉近了距离。

未几，山峦随其各不相等的远近高低而不断加深种种样样的皱襞荫翳，及至唯独山顶留下淡淡夕晖的时候，顶端积雪的上方已经晚霞满天了。

村子的河边、滑雪场、神社……于点点处处散布的杉树黑魆魆显现出来。

正当岛村被虚无的痛切感俘获的时候，驹子如温暖的光亮抵达一般走了进来。

她说，迎接滑雪游客的筹备洽谈会在这旅馆举行，她被叫来参加会后的宴会。她刚把腿伸进被炉，就突然来回抚摸着岛村的脸颊。

"今晚有意思啊，奇怪！"接着，揪住岛村柔软的腮肉用力拧道，"你这个傻瓜！"

宴会结束后再来的时候，她看样子像有点儿醉了。

"不知道，不知道。头痛，头痛。啊，难受啊，难受！"说着瘫倒在梳妆台前，醉意顿时出现在脸上，样子很不可思议。

"渴，给我水！"

驹子双手捂脸，也不顾发型了，只管倒下身来。片刻，她坐起来用香皂退去脂粉。由于通红通红的脸暴露无遗，驹子自己也开心地笑个不止。酒很快醒来，快得有些滑稽。她双肩发冷似的颤抖不止。

驹子以沉静的语声，开始讲述整个八月间自己因神经衰弱而东游西逛等一些事情。

"担心发疯来着。有什么硬是想不开,至于那是什么,自己又不知道。可怕吧?根本睡不着觉,单单去宴席时精神得很。做了各种各样的梦,饭也吃不了多少。往榻榻米上一会儿扎针、一会儿拔下,就那么没完没了,在大热天的白天。"

"当艺伎是什么时候?"

"六月。若不然,说不定现在我已去了滨松。"

"成家?"

驹子点头。她说滨松有一个男的追着她,要和她结婚,可她横竖喜欢不来对方,心里相当困惑。

"既然不喜欢,那有什么好困惑的呢?"

"没那么简单。"

"结婚有那样的吸引力?"

"讨厌。不是那样的,但我不得不把身边的事做个了结。"

"唔。"

"你这人,够随便的!"

"对了,和滨松那个人之间可有什么?"

"要是有什么,不就不用困惑了?"驹子倒也痛快,"你说过,只要我在这里,就不许我跟任何人结婚,无论如何都要干扰。"

"所以要去滨松那么远的地方?你这么把那话放在心上?"

驹子沉默良久,仿佛玩味自己的体温似的躺着纹丝不动。

"我想我有身孕了。嘿嘿,现在想来有些奇怪,嘿嘿嘿。"

驹子若无其事地说道，一边微微含笑，一边蜷起身子像孩子似的双手抓住岛村的衣领。

闭合的浓睫毛看上去又像是半睁着的黑眼睛。

翌日早晨，岛村醒来时，驹子一只胳膊支在火盆上，往一本旧杂志的背面胡乱写着什么。

"跟你说，回不去了。女佣来加火，我心想不得了，吓得一跃而起，一看太阳已经照在纸拉门上了。估计昨晚醉了，迷迷糊糊睡了过去。"

"几点了？"

"八点了。"

"去泡澡吧！"岛村起来。

"不行，在走廊会碰上人的。"驹子简直成了乖顺的女子。

岛村从浴池回来时，见她像模像样地头扎毛巾，正忙上忙下地打扫房间。

就连桌子腿和火盆边她都心血来潮地擦了，拨灰的样子也甚是熟练。

岛村把脚伸到被炉旁边，歪着身子吸烟。他抖烟灰时，驹子赶紧用手帕轻轻擦去，并拿来烟灰缸。岛村发出清晨特有的笑声，驹子也笑了。

"你要是成家，丈夫肯定总挨训的。"

"我哪里会训人呢？！别人时常笑我，连要洗的衣服都叠得整整齐齐，怕是天性啊！"

"都说看衣箱里面就知道那个女人的脾性。"

房间里泻满了早上的阳光,驹子一边在阳光中暖和身子吃饭,一边仰望湛蓝的天空。

"好天气!早些回去练三弦就好了,这样的天气,声音不一样的。"

远山笼罩在仿佛雪烟蒸腾的柔和的乳白色中。

岛村也是因为想起按摩女的话,遂说在这里练习也可以的。驹子当即起身往家里打电话,要求把长呗①曲谱连同替换衣服送来。

一想到白天看见的那户人家可能有电话,岛村脑海里就再次浮现出叶子的眼睛。

"那个姑娘送来?"

"或许。"

"你是那家儿子的未婚妻?"

"哎呀,怎么听到的?"

"昨天。"

"怪人!听到也就是了,为什么昨晚不说?"不过,和昨天白天不同,驹子微笑得很洁净。

"不小看你,是很难说出口的。"

"言不由衷。东京人就会说谎,讨厌。"

"我要是说出口,你不是要把话岔开?"

"怎么会!那,你信以为真了?"

---

① 长呗:日本三弦音乐的一种。

"信以为真了。"

"又在说谎,本来没有信以为真的!"

"那是,是觉得费解来着。不过,说你是为了未婚夫才当艺伎的,为他挣疗养费。"

"讨厌啊,活像演新派剧①。什么未婚夫,没那回事儿。那么认为的人倒像是不少。我并不是为别的什么人当艺伎的,只是必须做要做的事罢了。"

"尽说谜语似的话。"

"把话挑明好了。师傅或许一时希望她儿子和我在一起,但那只是心里的事,一次也没说出口来。师傅的那种心思,她儿子也好,我也好,都隐约知道,但两人之间并没有什么事。就这些。"

"青梅竹马?"

"嗯。不过不在一处生活。我被卖去东京时,他独自一人送行来着。最早的日记一开始写的就是这个。"

"如果两人都在港城,现在有可能在一起了?"

"我想不会的。"

"是吗?"

"别操心别人的事了。他很快就要死了。"

"再说,在外面留宿不好的吧?"

"你这么说才是不好的。我做自己喜欢的事,要死的人怎

---

① 新派剧:为对抗传统(旧派)歌舞伎而发展起来的新剧,多为当代社会题材,通俗易懂。

么能阻止得了呢?"

岛村无言以对。

可是,驹子到底一句也没提叶子,为什么呢?

叶子也令人费解,在火车中她像年轻母亲那样忘我地照料自己领回的男子,而今天早上又要给不知是那个男子的什么人的驹子送替换衣服,那会是怎样一种心情呢?

岛村正在以他的方式遥思遐想之时,叶子那低沉而清澈的、动听的声音传来耳畔。

"驹子,驹子!"

"来了。辛苦了!"驹子起身走去隔壁三张榻榻米大小的房间,"是你送来的?你看,哪个都这么重……"

叶子似乎默默回去了。

驹子用手指使劲弹一下三根弦,换弦调音。这期间岛村已经听出她弹拨的清脆音质了,而打开被炉上胀鼓鼓的包袱一看,除了普通的练习曲,里面还有二十多本杵屋弥七[①]的文化三弦谱。岛村感到意外,拿在手上问:

"这东西也练过?"

"这里没师傅嘛,有什么办法?!"

"家里不是有的吗?"

"中风了。"

"中风也能用口……"

"开不了口。舞蹈倒是用能动的左手纠正,但三弦只会吵

[①] 杵屋弥七:1890—1942,三弦演奏家。

得师傅耳朵烦。"

"看这个能明白?"

"明明白白。"

"一般人倒也罢了,而艺伎在这深山老林里热心练习这个,乐谱店店主想必也高兴的。"

"陪酒主要是跳舞,在东京学的就是舞蹈。三弦只模模糊糊记了一点点,忘了就再没人教了,只能靠乐谱。"

"唱词呢?"

"啊,唱词嘛……对了,练舞时听熟了的,可以凑合。但新的唱词就从广播里或从哪里边听边记,到底怎么样就不知道了。有自己的名堂在里面,肯定不三不四的。在懂行的人跟前是不出声的;若是外行人,倒是能大声唱。"驹子多少有些羞涩,像等人歌唱似的倏然正襟危坐,盯视岛村的脸。

岛村一下子被镇住了。

他是在东京平民区长大的,自幼接触歌舞伎和日本舞蹈,长呗的唱词自是记得,耳朵也听熟了,但自己完全没有练过。说起长呗,他眼前马上现出跳舞的舞台,而想不出有艺伎的宴会场所。

"瞧你这位最有派头的贵客!"驹子咬了咬下唇,把三弦放在膝上,像换了一个人似的乖乖翻开练习的乐谱。

"今年秋天用这个乐谱练习来着。"

是《劝进帐》[①]。

[①]《劝进帐》:歌舞伎十八番之一,讲述源义经主仆巧妙闯关的故事。

岛村像要起鸡皮疙瘩似的很快从脸颊开始变凉,一直凉到腹部,三弦声在陡然排空的脑袋里整个回荡开来。他大吃一惊,或者莫如说被彻底打翻在地,为敬畏之念所打动,为悔恨之心所洗涤。自己已彻底软弱无力,任凭驹子的气势把自己冲走,惬意地随波逐流。

一个十九或二十岁的乡下艺伎的三弦应该没什么了不得的,在宴会场所不就是像在舞台上弹的那个样子吗?不过是自己本身在山中的感伤罢了——岛村试图这么认为。驹子或故意照本宣科,或口称这里太慢、太啰唆而跳过不弹,但声音如走火入魔一般渐渐高亢起来之后,弹拨声愈发清冽强劲而不知其所止。岛村于是感到惧怵,虚张声势似的枕臂躺下。

《劝进帐》结束后,岛村如释重负。啊,这个女子迷上了我,他心里想道,而那又够让人可怜的了。

"这样的天气,声音不一样的。"岛村仰望雪后的晴天,得知驹子此言不虚。空气不同,没有剧院墙壁,没有听众,没有都市的尘埃,声音穿过纯粹的冬日清晨,笔直地向远处的雪山回荡开去。

自己固不知晓,但总是以山谷的大自然为对象孤独地练习,这已成为驹子的习惯。正因如此,反弹强烈的就是大自然。这种孤独冲破哀愁,孕育野性力量。虽说有一点点底子,但靠乐谱自学复杂的乐曲,并且离谱弹熟,这无疑是驹子以坚强意志一再努力的结果。

岛村认为驹子的生活方式是虚幻的徒劳,是令人怜惜的缥缈的憧憬。但实际上乃是出于她对自身的肯定,想必这点在凛然弹拨的弦音中鼓涌而出。

对于细微灵巧的手的动作,耳朵听不出来,听得出的只是声音的感情——这个程度的岛村对于驹子而言想必是正合适的听者。

第三曲开始弹《都鸟》①。及至这时,也是因为曲子的优艳柔和,岛村起鸡皮疙瘩那样的感觉消失了,而以温馨怡适的心情凝视驹子的脸庞。于是,一种深切的肉体亲昵感油然而生。

她细细高高的鼻梁多少显得有些凄寂,但脸颊顾盼生辉,仿佛悄声低语"我就在这里"。那柔润姣美的嘴唇,即使小小噘起的时候也显得珠滑玉润,仿佛晨光在那里闪动。而随着乐曲的进展明显张开之时,嘴唇也楚楚可怜地当即收回,同她肢体的魅力相得益彰。偏低的眉毛下面,眼角既不上也不下,那俨然刻意画出的眼睛此刻含露带雨,天真幼稚。皮肤未施脂粉,犹如剥开的百合或圆葱球根一般新鲜,似乎由于都市的卖笑生涯而变得通透之后又染上了山峦之色。皮肤微微泛起血色,一直泛到脖颈,显得洁净无比。

尽管她正襟危坐,但不知不觉之间沁出少女的韵味。

最后,驹子说"这是眼下正在练习当中的",一边看谱一边弹了《新曲浦岛》②,然后把弦拨夹在弦下,放松身体。

---

① 《都鸟》:传统三弦曲名。
② 《新曲浦岛》:取材于浦岛传说的舞剧名。

情色陡然向四下流溢。

岛村什么也没能说出口。驹子也好像全然没有把岛村的评论放在心上,一副自我陶醉的样子。

"只听这里艺伎的三弦声,你就知道是谁弹的吧?"

"当然知道,还不到二十个人。《都都逸》①就更知道了,那最能表现出弹的人的毛病。"

驹子说罢再次拿起三弦,移了移弯着的右腿,把三弦的琴体放在大腿根上,腰往左斜,胸向右倾。

"小时候就这样练习来着。"驹子盯视琴杆,"黑黑头发的……"她天真地唱着,砰砰弹了几声。

"《黑发》②是最先学的?"

"不是的。"驹子像小时候那样摇了摇头。

此后即使留宿,驹子也不勉强赶在天亮前回去了。

她不时把旅馆一个用语尾高的声调喊"驹子"的女孩儿抱到被炉旁一起专心玩耍。快到正午时,就和这个三岁小孩儿去浴池,还给小孩儿梳理刚洗完的头发。

"这小家伙只要看见艺伎,就抬高尾音喊'驹子'。照片也好,画也好,只要是日本发型,就一口一个'驹子'。我喜欢小孩儿,清楚得很。君子,到驹子家玩吧!"驹子站起身来,却又悠然坐在走廊的藤椅上,"东京的急性子,已经滑起

---

①《都都逸》:日本俗曲之一,娱乐性三弦曲,大多表现男女情爱。
②《黑发》:长呗三弦练习短曲。

来了。"

房间地势高，从正面可以看见南边山麓的滑雪场。

岛村也从被炉上侧头看去，山坡上雪斑斑点点的，五六个穿黑色滑雪服的人在很远的山根那边的田野里滑着。那里梯田的田埂还没给雪埋住，加之坡度不大，就更加没有意思。

"像是学生。星期天？那么滑也觉得有趣？"

"可那姿势倒是不错的。"驹子自言自语地说，"听说在滑雪场艺伎给客人打招呼，客人都很吃惊：'哎呀，原来是你？'因为滑雪时晒得黑黑的，看不出来。晚间化妆的吧！"

"也穿滑雪服。"

"窄腿裤。啊，讨厌、讨厌，在宴会席上说，那么明天还在滑雪场见——很快就要这样了。今年我不想滑了。再见。好了，君子，走吧。今晚有雪，下雪前要降温的。"

岛村坐在驹子离开后的藤椅上，看见滑雪场边上的坡路上，驹子正拉着君子的手往回走。

云上来了，背着阳光的山和对着阳光的山相互重叠，而背阴坡又时刻发生变化，看上去冷飕飕的。时过不久，滑雪场也忽一下子阴了下来。岛村往窗下一看，枯萎的菊篱上立着琼脂般的霜柱，但房顶融雪的导水管声音不绝于耳。

夜晚下的不是雪，是雨夹雪，最后变成了雨。

回去前的夜晚，月色皎洁，寒气袭人。岛村再次找来驹子，驹子说要散步，劝也不听——尽管快十一点了，粗手粗脚地把岛村从被窝中拖了起来，活生生拉出门去。

路上结冰了。村子静悄悄地睡在寒气底下。驹子把裙裾掖进腰带。月亮晶莹纯净,如蓝冰中的一把刀。

"去火车站。"

"疯了!来回七八里。"

"你不是回东京吗?得去看车站。"

岛村冻麻了,从肩麻到腿。

折回房间,驹子忽然无精打采,两只胳膊深深搂着被炉,低头不语。一反常态,澡也不泡了。

被炉就那样放着——被盖搭在炉子上,褥子贴炉旁铺着,只铺一床。但驹子侧身靠着被炉,低头一动不动。

"怎么了?"

"回去。"

"说傻话!"

"好了,你休息吧。我想这么待着。"

"为什么回去?"

"不回去了。在这里待到天亮。"

"无聊,不要闹别扭!"

"哪里是闹别扭,我才不闹别扭呢。"

"那么……"

"不行,做不来的。"

"什么呀,那种事,一点儿也没关系。"岛村笑了起来,"什么都不做的。"

"呃。"

"再说,你也够傻的,那么乱走一气。"

"回去。"

"不回去也可以嘛。"

"不好受啊!哎,你回东京吧,我怪不好受的。"驹子把脸轻轻伏在被炉上。

所谓不好受,莫非是说整个人仿佛被旅行者带走的那种不安之感不成?或是这种时候静静忍受的无奈呢?女人的心会到达这个地步吗?岛村沉默了好一阵子。

"你回去好了!"

"实际上也打算明天回去。"

"哦,为什么回去?"驹子如梦初醒似的抬起脸来。

"再待下去我也不是不能为你做什么吗?"

驹子茫然地注视岛村,突然声色俱厉地说道:

"那不行的,跟你说,那可不行的!"

驹子焦躁地站起身,猛地搂住岛村的脖子,一副惊慌失措的样子:"你不能说那种话!起来,不是叫你起来吗?!"她一边说着一边倒了下去,冲动之下,身体也顾不得了。

而后睁开温润的眼睛。

"真的明天回去?"悄声说罢,拾起掉落的头发。

岛村决定第二天下午三点动身。

他换衣服时,旅馆的总管把驹子悄悄叫到走廊。随即传来驹子的回答:"好了,就算十一个小时吧。"总管似乎认为十六七个小时太长了。

看账单,早上五点回去就算到五点,翌日十二点回去就算到十二点,全部以小时计算。

驹子穿上大衣,围上白围巾,送岛村到车站。

为消磨时间,岛村买了木天蓼咸菜和朴蕈罐头等土特产。还剩二十多分钟的时间,于是两人在站前的高地广场上散步。岛村一边散步一边四下打量:好一个四面都是雪山的狭小地方啊!因了背阴山谷的清寂,驹子过浓的乌发反而显得有些凄凉。

不知什么缘故,远处河流下游的山腰竟有一处映着淡淡的阳光。

"我来以后,雪化了不少嘛!"

"不过,下两天马上就积雪六尺。再下,那根电线杆的电灯就埋在雪里了。要是想着你走路,电线就会把脖子刮伤。"

"雪那么厚?"

"听说前面小镇的那所中学,下大雪的早上,有人光着身子从宿舍的二楼跳到雪里,结果身体忽一下子沉入雪中不见了,就像游泳一样在雪里游走。喏,那里也有除雪车。"

"倒是想来看雪,可正月旅馆人多吧?火车不会因雪崩而埋上?"

"你真是个奢侈的人啊,总过这样的生活?"驹子看岛村的脸,"为什么不留胡子?"

"嗯,想留。"岛村一边摸着刮须刀留下的铁青铁青的碴口一边心想,驹子自己的嘴角有一条完美皱纹,使得她柔软的脸颊透出一丝刚毅——驹子说不定是因此而对胡子情有独钟。但还是问道:"那么你呢?每次洗去脂粉,脸都好像是给刮须刀刚刚刮过一样。"

"乌鸦叫得让人不快,在哪里叫呢?好冷啊!"驹子仰望天空,双肘压紧胸的两侧。

"去候车室烤烤火吧!"

这时,从大街拐向停车场的宽路上有人慌慌张张跑来——是穿窄腿裤的叶子。

"啊,驹子,行男他……驹子!"叶子上气不接下气,像从凶神恶煞那里逃出的小孩子扑在母亲身上那样抓住驹子的肩,"快回去,情况不好了,快!"

驹子忍住肩痛似的闭起眼睛,脸上一下子失去血色,但意外明确地摇头道:

"正送客人呢,不回去。"

岛村一惊:"送什么送,可以了。"

"不行,你能不能再来,我根本不知道。"

"来的,来的。"

叶子好像完全没听见这些。

"刚往旅馆打过电话,说你在车站,就跑了过来。行男叫你!"叶子一边急切切说着,一边手拉驹子。

驹子耐住性子忍着,忽然甩开叶子。

"我不!"

那一瞬间,踉跄两三步的是驹子。她"嗝儿"一声想吐,但口中什么也没吐出,眼圈湿润了,脸颊上起了鸡皮疙瘩。

叶子呆若木鸡,目不转睛地看着驹子。但表情是那么认真,不知是愠怒、惊愕,还是伤心,总之什么都看不出,仿佛戴了面具,显得十分单纯。

她就以这样的表情侧过脸,一把抓住岛村的手,以忘我的高音央求:

"对不起,请让她回去,让她回去!"

"好,让她回去。"岛村提高声音,"快回去,混账!"

"你……用不着你多嘴!"驹子对岛村说着,用手把叶子从岛村身边推开。

岛村正要指站前的一辆汽车,发觉被叶子紧紧抓过的手指尖有些发麻,但他还是说道:

"马上让她坐那辆车回去。反正你先回去好么?这个样子,这里有人看着的。"

叶子点了下头。

"快点儿、快点儿!"

说罢,叶子转身跑开,痛快得判若两人。

目送叶子远去的背影,这种场合不应有的一丝疑惑掠过岛村心头:那个少女为什么总是那么一副认真的样子呢?

叶子那美丽得令人悲伤的语声留在岛村耳畔,似乎即将从哪里的雪山上传来回响。

"去哪里?"驹子把要去找汽车司机的岛村拉回,"不,我不回去。"

蓦地,岛村对驹子感到一种肉体上的憎恶。

"你们三人之间有怎样的情由我不知道,但那位儿子可能已经临终了对吧?所以想见你,人家来叫你。老老实实回去!免得终生后悔。假如在这么说的时间里咽气了怎么办?别再固执了,一切付诸流水!"

"不是的,你误解了。"

"你被卖去东京时,独自送你的不是他吗?情理上你怎么能不在最早的日记上最先写的这个人临终时送他呢?你要去,去把自己写在他生命的最后一页。"

"不,我不想看人死!"

在岛村听来,这既是冰冷的绝情,又是炽热的爱情。正在困惑时,听得驹子悄声低语:

"日记什么的,再不能写了,全部烧掉。"

低语之间,不知何故,驹子脸颊红了起来。

"哎,你是个直性子。既是直性子,我的日记都送给你也行。你不会笑我的吧?我倒觉得你是个直性子……"

岛村沉浸在一种不明所以的感动中。是的,再没有像自己这样直性子的人了——有了这样的感觉,就再不好硬叫驹子回去了。驹子也沉默不语。

总管从旅馆的办事处出来,告知开始检票了。

只有四五个穿一身灰暗冬装的本地人默默上下车。

"不能进月台的,再见!"驹子站在候车室的窗口里面,玻璃窗关着,从火车中看去,她就好像穷乡僻壤的一家水果店里给烟熏黑的玻璃箱中一个被遗忘的奇异的水果。

火车刚一开动,候车室的玻璃窗就闪了一下光,驹子的脸在光中忽然燃烧似的蹿了出来,转眼消失不见。那是和那天清晨在雪镜中同样通红的脸颊。对岛村来说,那又是同现实告别之际的颜色。

在县境山中北上,穿出长长的隧道一看,冬日午后淡淡的光照就好像被彻底吸入地下的黑暗。而且,破旧的火车就好像把明亮的外壳脱在隧道里似的,沿着已有暮色从重重叠叠的山峰之间腾起的山谷向下行驶。山这边还没有积雪。

沿河流行驶不久,火车进入原野。山顶仿佛雕刻出来的,样子饶有兴味,优美的斜线从那里徐缓地伸向遥远的天麓。山顶已经染上了月色。夕晖隐约的晚空将原野尽头这座山的整个姿影以黛蓝色清晰地勾勒出来。这也是原野上唯一的景观。月色依然很浅,没有冬夜的清冽。天空中一只鸟也不见。山脚的原野无遮无拦地左右铺展开去,在即将铺展到河畔那个地方时,白皑皑矗立着一座大约是水电站那样的建筑物。那是冬日荒凉的火车窗中尚未被暮色淹没的存在物。

因了暖气的湿气,车窗开始模糊了。随着窗外流移的原野渐昏渐暗,乘客又在窗玻璃上映照得近乎透明。那是夜色镜子的嬉戏。这列火车只挂了三四节车厢,而且是用旧褪色的老样式,仿佛是和北海道线不同的外国火车。电灯也暗。

岛村陷入恍惚状态,觉得乘坐的似乎是非现实的什么东西,时间感和距离感也消失了,身体亦真亦幻地被运往远处,单调的车轮声听起来开始像女人的话语。

那些话语尽管短促而又断断续续,但那是女子挣扎求生的证明。原本是听起来让他心里难受而不至于忘记的东西,但此刻在远行的岛村耳里,已经成为仅仅增添旅愁的遥远的语声。

此时此刻,行男莫不是已经咽气了?不知驹子为什么那么顽固,她可见行男最后一面了?

乘客少得有些令人害怕。

一个五十多岁的男人和一个面庞红润的姑娘面对面坐着,一个劲儿说个不停。姑娘浑圆的肩头缠着黑围巾,血色好得简直像要燃烧。她胸部前倾,听得入神,开心地附和着。他们看上去像是长途旅行的两个人。

不料,来到有缫丝厂烟囱的车站时,男人慌忙拿下行李架上的柳条箱从窗口放到站台上,对姑娘说了一句便下车了。

"再见吧,有缘还会再见面的。"

蓦地,岛村差点儿流下泪来,自己都为之吃惊,想必是因为自己身在同女子分别后的归程。

很难想象那是旅途中偶然坐在一起的两个人。男的想必是行脚商。

正是飞蛾产卵的季节,不要总是把西服挂在衣架或墙壁上——离开东京家门时,妻子这样说道。来到一看,旅馆房间檐前吊着的装饰灯上果然吸有六七只玉米色的大飞蛾,隔壁三张榻榻米大的房间里，衣架上也趴着身子小而肚子大的飞蛾。

窗口仍拉着夏天防蛾的细铁丝网。网上同样有一只飞蛾静静贴着不动，伸出两条犹如小羽毛的丝柏树皮色触角，但翅膀近乎透明一般呈浅绿色，有女人的手指那么长。对面县境上的山峦在夕晖下染上秋色，以致这一点浅绿反而像已死去。唯独前翅与后翅相重叠的部位绿得很深。秋风吹来，翅膀像薄纸一样摇摇颤颤。

可还活着？岛村站起身，从细铁丝网内侧用指尖弹了弹，飞蛾不动。他用拳头"嘭嘭"一敲，飞蛾如树叶一样"啪啦"掉了下去，掉到半空轻飘飘飞了起来。

细看之下，对面的杉树林前有无数蜻蜓成群流移，宛如蒲公英飞舞的绒毛。

山脚的那条河看起来像是从杉树梢里流出来的一样。

俨然白花胡枝子的花朵在小山丘半腰盛开怒放，银光熠熠，岛村百看不厌。

从室内浴池出来，见一位俄罗斯女商贩在大门口坐着。来这种乡下干什么呢？岛村走上前一看，原来是贩卖常见的日本化妆品和发饰等物。

女商贩四十岁光景，脸上的细小皱纹似乎积了污垢，但从粗脖颈能窥看的那里胖得雪白雪白。

"从哪里来的？"岛村问。

"从哪里来的？我……从哪里来的呢？"俄罗斯女人不知如何回答，一边收拾东西一边思索。

如同围一块不干净的布料那样的裙子早已失去西裙的感觉。她看样子完全日本化了,背起偌大的包袱走了回去,不过鞋还是穿的。

在一起目送的女老板的劝说下,岛村也去了账台。一看,炉旁背对这边坐着一个高大的女子。女子提着裙裾站了起来,穿的是印有家徽的黑色和服。

滑雪场的宣传画上,她仍身穿宴席服装,套一条棉布窄腿裤,蹬着滑雪板和驹子并立在一起,是个岛村也有印象的艺伎。三十多了,体态丰盈,落落大方。

旅馆的主人把火筷子横在炉子上烤馒头,馒头很大,椭圆形。

"这东西来一个如何?庆贺用的礼品,吃一口尝尝?"

"刚才那个人不做艺伎了?"

"是的。"

"一个好艺伎啊!"

"合同期限到了,前来寒暄。倒是个很受欢迎的孩子。"

岛村吹着气咬了一口热馒头,硬皮有一股过期味儿,多少有些酸。

窗外,夕阳的光线照着熟得红彤彤的柿子,似乎一直照在地炉吊钩的竹筒上。

"那么长的芒草!"岛村讶然望着坡路,芒草足有背着东西的阿婆身高的两倍。

"啊,那是茅草。"

"茅草？是茅草？"

"铁道省①开温泉博览会的时候，建了休息站或者茶室，房顶就是用这里的茅草苫的。听说一位东京人把那茶室整个买了下来。"

"是茅草的？"岛村再次自言自语地说，"山上开花的是茅草吧？以为是胡枝子花呢。"

岛村下火车后最先见到的就是这山上的白花。陡峭的山顶附近一大片开得银灿灿的，简直就像泻在山坡上的秋阳本身。啊！他不由得深受感染，以为是白花胡枝子。

可是，眼前看到的茅草是那般虎虎生威，同远山上的感伤之花全然有别。高大的草捆把背草的女子们整个掩住。草穗在坡路两旁的石崖上飒飒作响，甚是遒劲有力。

岛村返回房间一看，亮着十烛②灯泡的昏暗的另一房间里，大肚子飞蛾正在黑漆衣架上爬行产卵。檐前的飞蛾也在装饰灯上扑扑棱棱撞来撞去。

秋虫从白天开始就叫个不停。

驹子稍后赶来。

她站在走廊里，迎面盯视岛村问：

"你……干什么来了？来这种地方干什么？"

"来看你。"

---

①铁道省：1949年改称运输省，2001年改称国土交通省，内阁部委之一。
②十烛：十瓦特。

"牙外话！东京人就是会说谎，讨厌。"随即，边坐边放轻声音，"不想再送你了，说不出是什么滋味。"

"啊，这回我偷偷回去。"

"不行，我只说不去车站。"

"那个人怎么样了？"

"当然死了。"

"在你送站的那个时候？"

"两回事。没想到送人让人心里那么不快。"

"唔。"

"二月十四日你怎么了？骗人！我等得好苦。好了，再不相信你说的话了。"

二月十四日有驱鸟节，是雪国特有的儿童年度活动。村里的孩子们十天前就用草靴把雪踩实，切成大约二尺宽的雪板，堆起来建雪堂，建成三间高一丈多的方形雪堂。十四日夜晚，将每家每户的穗草绳①收集起来在堂前焚烧。这座村子的正月是二月一日②，所以有穗草绳。孩子们还在雪堂顶上推搡着唱驱鸟歌。然后走进雪堂点亮灯笼，在那里过夜。十五日黎明再次在雪堂顶上唱驱鸟歌。

估计届时正是雪最深的时候，于是岛村讲定来看驱鸟节。

"二月我去父母家了，买卖休息的嘛。以为你肯定来，十

---

① 穗草绳：在日本特指为阻止凶神入场而挂于门前的较粗的稻草绳。
② 正月是二月一日：日本自明治维新（1868）废除农历，改用公历，但乡下仍有地方沿用农历。此处的公历二月相当于农历正月。

四日就赶回来了。多照看几天病人就好了。"

"谁病了？"

"师傅去了一次港城，得了肺炎。我正在父母家，接到电报，就照看她了。"

"好了？"

"没好。"

"对不起啊。"岛村说道，既像为自己的爽约道歉，又像哀悼师傅之死。

"哪里。"驹子突然乖顺地摇摇头，边用手帕擦桌子边说，"好厉害的蛾子。"

从矮脚桌到榻榻米，小飞虫落了一层。几只小飞蛾围着电灯泡飞来飞去。

"胃痛、胃痛！"驹子双手插进衣带，伏在岛村的膝头。

衣领下探出脂粉浓厚的脖颈。转眼间那里也有比蚊子还小的飞虫聚来，有的眼看着死了，在那里一动不动。

脖根比去年胖了，有了脂肪。二十一了，岛村心想。

岛村的膝头有温乎乎的湿气透了进来。

"她们在账台笑嘻嘻地叫我来茶花厅，讨厌！送阿姐上火车回来，刚想美美睡一觉，就说这里有电话打来。累了，真想算了。阿姐的欢送会，昨晚喝过头了。她们一个劲儿在账台笑，一看原来是你。一年不见了吧，你这人一年来一次，是吧？"

"那馒头我也吃了。"

"是吗?"驹子抬起胸,脸上唯有紧贴在岛村膝头的部位有些发红,看上去突然带有孩子气。

她说把那位年长的艺伎送到下下一站的那个小镇,刚回来。

"无聊。以前无论什么都很快抱团,但渐渐流行个人主义,自己干自己的。这里也变化很大。不合脾性的人越来越多。菊勇姐不在以后,我就孤单了。毕竟她是中心人物,也最受欢迎,六百炷①一炷不少,在我们这里也最受器重……"

岛村问菊勇合同到期返回生身故乡后,是结婚还是继续干这一行。

"阿姐也怪可怜的。出嫁没嫁好,结果来了这里。"往下驹子开始含糊其词,总有些迟疑,而后望着月光下的梯田底端说,"那片山坡中间,有一座刚建成的房子对吧?"

"叫菊村的小餐馆?"

"嗯。本该进那家餐馆的,阿姐却让人白忙活了一场,好一场轰动!特意让对方为她建了房子,要入住时却把对方蹬了,说另有相好的人了,打算和那个人结婚,可实际上是被人骗了。人一旦走火入魔,就会那个样子不成?虽说给人甩了,可又不能和原先那位言归于好讨回餐馆。结果没了脸面,在这地方待不下去了,又去外面赚钱,想来真是可怜。我们倒是不清楚,其实有过很多人的。"

"男人吧?能有五个?"

"有吧。"驹子微微含笑,却又转过脸去,"阿姐也够软弱

---

①六百炷:六百炷香。艺伎陪酒以一炷香燃完的时间为单位计算。

的，不争气。"

"有什么办法!"

"还不是……说是喜欢上，算什么呀?"驹子低头用头簪搔了搔脑袋，"今天送行，心里很难过。"

"那么，特意建的餐馆怎么样了?"

"正妻来开。"

"正妻来开?有意思。"

"毕竟开业准备都弄好了嘛，只能开的吧。正妻搬了过来，小孩儿也都领来了。"

"家里怎么办?"

"说是扔下一个阿婆。倒是普通百姓，主人竟喜欢这种事情，有意思的人。"

"浪荡公子啊!年纪不小了吧?"

"年轻，三十二三吧。"

"嗬，那么说，如果成了，妾比正妻年纪还大?"

"同龄，二十七。"

"那个菊村，是菊勇的菊吧?由正妻来开?"

"招牌已经挂出，不能改的嘛。"

岛村拉合领口，驹子起身关窗。

"阿姐也知道你的，今天还说你来了呢。"

"在账台看见她来寒暄了。"

"说什么了?"

"什么也没说。"

"你明白我的心情?"驹子一把打开刚关上的拉窗,像把身体摔往窗口似的坐了下去。

"星星和东京的完全不同,整个浮在空中。"片刻,岛村说道。

"月夜就不是这样子了。去年雪大着呢!"

"火车好像时常不通。"

"嗯,吓死人了。通汽车比往年晚了一个月,都到五月了。滑雪场不是有小卖店吗?雪崩穿过了那里的二楼。下面的人不知道,听得声音不对头,以为是老鼠在厨房里闹,跑去看,没什么事,就上了二楼,一看全是雪!木板套窗啦什么的全都给雪卷跑了。倒是表层雪崩,广播好一顿报道,吓得滑雪客再不来了。今年我也不打算滑了,去年年底把滑雪板送人了。但还是滑了两三次,我没变样的?"

"师傅死了,怎么过的呢?"

"别人的事,放去一边好了。二月我可是来这里等你来着!"

"既然回了港城,也该来信告诉我一声才是。"

"不行,那么凄惨的事,我不愿意。你太太看了也无所谓那样的信我是写不来的,惨啊,我不会因为顾虑什么而说谎。"

驹子快嘴快舌像吵架似的冲口而出。岛村点头。

"你别坐在那种飞虫当中,电灯关掉算了。"

月亮很亮,女子耳朵的凹凸也光影分明。月光一泻而下,榻榻米冷冷地泛着青色。

驹子双唇如美丽的水蛭环一般光滑。

"啊，让我回去。"

"老样子啊！"岛村仰起脖颈，切近注视驹子颧骨略高的圆脸，好像显得有些滑稽。

"和十七岁来这里时相比一点儿都没变，大家都这么说。生活也一成不变的嘛！"

驹子仍然明显留有北国少女的红晕。月光使艺伎风韵的肌肤发出贝壳般的光泽。

"对了，我这儿的变化可晓得？"

"师傅死了，是吧？已经不住那个养蚕的房间了。现在的家成为真正的住处了吧？"

"真正的住处？是啊，在店里卖点心和香烟，还是只我一个人。这回是真正为人做工，每当夜深就点起蜡烛看书。"

岛村抱肩笑了笑。

"有电表，浪费电不好的。"

"是啊。"

"不过，这里的人对我相当好，简直让我怀疑自己是不是为人做工。小孩儿一哭，母亲就小心地背去外面。没什么不满意的，只是被褥铺不正这点不舒坦。回来晚了会给铺好，不是褥子重合得不整齐，就是褥单斜斜歪歪的，看了让人心里憋屈。话虽这么说，但自己重铺又不合适，毕竟人家好心好意。

"你要是成家，可够你操劳的。"

"大家都这么说。我就这个禀性,家里四个小孩,乱扔乱放,不得了的,我一整天跟着收拾。虽然知道收拾完反正又要弄乱,但心里就是惦着放不下。反正我要生活得井井有条,只要条件允许。"

"是啊。"

"你理解我的心情?"

"理解。"

"理解就说说看。哎,说说看。"驹子陡然变得咄咄逼人,"喏、喏,说不上来的吧?全是谎话。你这人养尊处优,信口开河,根本不理解的。"随即压低声音:

"可悲啊,我这个傻瓜蛋。你明天就请回吧。"

"你那么逼问,我哪里说得清楚呢!"

"有什么说不清楚的?你这人就这点不好。"驹子无奈地哽咽起来,旋即做出心知肚明的样子,仿佛在说自己一闭上眼睛就知道岛村对自己总还是有感觉的。

"一年一次也好,来就是了。我在这里期间,你一定要一年来一次,嗯?"

她说合同期限为四年。

"去父母家时,做梦都没想到还会做这种买卖。滑雪也陪人去过了,滑雪板都送人了。说起做成的事,只有戒烟这一件。"

"对了、对了,以前你吸得相当厉害。"

"嗯。在宴席客人给烟,我就悄悄塞进衣袖,回来后有时掉出好几支。"

"不过四年够长的了。"

"一晃儿就过去。"

"暖和。"岛村把靠近的驹子就势抱起。

"暖和是天生的。"

"早晚已经冷了。"

"我来这里五年了。起初很担心,心想这种地方能住下去吗。火车开通前荒凉着呢!从第一次算起,你也来三年了!"

不到三年来了三次,每次来,驹子的景况都不一样,岛村想到。

有好几只纺织娘忽然叫了起来。

"讨厌!"驹子从他的膝上立起。

北风吹来,细铁丝网上的飞蛾一齐飞起。

驹子看似黑眼睛微微睁开,其实是黑睫毛上下闭合——岛村尽管知道,但还是凑近细看。

"戒烟后胖了。"

腹部脂肪厚了。

这么着,每次离开后难以捉摸的东西,也很快恢复了亲切感。

驹子把手心轻轻地放在胸部。

"一只变大了。"

"傻瓜。那个人的习惯吧,总来一只。"

"哎呀,讨厌!胡说,真是讨厌!"驹子陡然一变。

岛村想了起来：这就是了。

"下次叫他两只平均。"

"平均？你说平均？"驹子温柔地贴上脸来。

这个房间在二楼，蟾蜍围着房子叫来叫去，不是一只，似乎是两三只在兜圈子，叫了很久。

从浴池上来后，驹子以彻底放心的沉静语声讲起了自己的身世。

在这里初次检查时，以为和雏妓时期一样，只脱上半身，结果被人笑了，随后哭了起来——连这样的事也说了。岛村问什么说什么。

"我非常准，每次都必定提前两天。"

"不过，不适合去宴会场所那样的情况是没有的吧？"

"嗯。那个你明白的？"

一来因为能温暖身子，所以每天都泡有名的温泉；二来在旧温泉和新温泉之间跑宴会场所，要走七八里路；加之山村生活很少熬夜，所以身强体健，浑身紧绷绷的，但她是艺伎常有的细腰型，横窄纵宽。尽管如此，作为把岛村远远吸引来的女子，仍有其深切的悲哀。

"像我这样的，怕是要不成孩子了？"驹子认真地问，"只和一个人交往，不就同夫妇一样了？"

岛村这才知道驹子有那样一个人。她说从十七岁开始持续了五年。岛村以前就对驹子的无知和毫不设防感到奇怪，现在明白了是怎么回事。

同把她从雏妓之身赎出的人死别回到港城以后，马上有了这回事。或许因为这个，驹子从始至今讨厌那个人，总也没能和盘托出，驹子说道。

　　"持续五年之久，那人不也算好的吗？"

　　"分手的机会也有过两次的，一次是在这里当艺伎的时候，一次是从师傅家转到这家的时候。可我意志软弱，真的意志软弱。"

　　她说那个人在港城，认为她留在那里不方便，就趁师傅来这村子顺便托付给她。人倒是很好心，但她一次都没能产生把血肉之身交给他的心情，怪不忍心的。因为年龄差距大，他只偶尔来一次。

　　"怎么才能断绝关系呢？时不时想狠狠放荡一回，真的很想。"

　　"放荡不好。"

　　"没办法放荡。这也是禀性造成的，我还是珍惜自己的血肉之身的。只要我愿意，四年合同期可以变为两年，但我不想勉强，身体要紧。如果勉强，钱恐怕会得到不少。因是合同制，只要不让主人亏损就行了。本金一个月分多少，利息多少，税金多少，再把自己的伙食费计算进去，一算就清楚了，对吧？我不想再勉强自己多干。要是宴席啰啰唆唆烦人，立马抽身走人；如果不是熟客指名，旅馆也不会深更半夜跑来叫我。自己挥霍起来倒是没有止境，可我随便挣一点就行，适可而止。本金已经返还一多半了，还不到一年时间。即使这样，零花钱这个那个也要三十元。"

驹子说一个月挣一百元即可。上个月人最少，"三百炷"六十元。驹子赶场最多，九十几场，每场有"一炷"归自己，主人虽然因此受损，但利钱生得飞快。因债台高筑而延长合同期限的人，这座温泉村里一个也没有。

翌日早上，驹子仍起得很早。

"梦见和插花师傅打扫这个房间，就醒了过来。"

拿去窗边的梳妆镜中已经映有满山红叶了。也有秋日的阳光照进去，镜子里一片辉煌。

糕点铺的女孩拿来驹子的替换衣服。

那不是叶子，不是隔着纸拉门以清脆得近乎悲伤的语声招呼驹子的叶子。

"那个姑娘怎么样了？"

驹子瞥了一眼岛村。

"老是到墓地去。滑雪场的山脚有片荞麦地，对吧？开白花的。左边不是能看见一座墓？"

驹子回去后，岛村也到村里去散步。

白墙房檐下一个女孩儿身穿朱红色的法兰绒窄腿裤在拍皮球——果然是秋天了！

大约藩王①过路那时候遗留的旧式建筑风格的房子很多，

---

①藩王：日本战国时期和德川幕府分封的藩国（诸侯国）之主。日语写作"大名"。此处的"过路"应指去江户城（今东京）谒见将军时所经之处。

房檐深。二楼的拉窗仅高一尺左右,细细长长。房檐上挂着茅草帘。

土堤上有芒草篱笆,浅黄色的花开得正盛,那纤细的叶片一条条呈喷池形扩展开来。

在路旁的向阳处铺着草席打小豆的是叶子。

小豆如小粒光点一般从干枯的豆荚中一跃而出。

因为头包毛巾,所以也许没看见岛村,叶子一边叉开窄腿裤的膝部拍打小豆,一边以清澈得令人悲伤的、仿佛发出回响的声音唱道:

蝴蝶哟、蟋蟀哟、蜻蜓哟
在山上叫个不停
金瑟琴、金钟儿
还有纺织娘

有一首歌唱道:"忽然飞离杉树林,晚风中的乌鸦多么大。"但从这窗口俯视的杉树林前,今天也有蜻蜓结队流移。看来,随着太阳落山,它们的游动也好像慌忙加快了速度。

出发前,岛村在车站的小卖店里发现有新出版的这一带的游山指南,就买了回来。随手翻阅之间,见得上面写道:从这个房间望见的县境山岭,其中在一座山顶附近有一条小路从美丽的沼泽地带蜿蜒穿过,各种高山植物在两侧的湿地竞相开放,争妍斗艳。夏天,红脑袋蜻蜓无忧无虑地飞来飞去，落在帽子上、人的手上，有时甚至落在眼镜框上——那么悠然自得，同城里的蜻蜓有霄壤之别。

但是，眼前的蜻蜓看上去却像被什么追赶着似的一路奔逃，以免隐没于杉树林提前泛黑的颜色中。

可以清楚地看出，远山被夕阳一照，树叶便从山顶开始变红。

"人这东西真是脆弱啊，听说从脑袋到骨头，摔得一塌糊涂。熊什么的，就算从更高的悬崖上掉下也完好无损。"——岛村想起今早驹子说的话。她一边指着那座山一边说石崖下又有人遇难。

如果人具有熊那样又硬又厚的皮，那么器官肯定变得大为不同，人互相爱着又薄又滑的皮肤。如此想着眺望日落远山，岛村对人体肌肤的眷恋多了一层感伤意味。

"蝴蝶哟、蟋蟀哟、蜻蜓哟……"提前吃晚饭的时候，一个艺伎弹着差劲儿的三弦唱道。

游山指南只是简单写有路线、日程、旅馆、费用之类，这反倒让人浮想联翩。岛村第一次认识驹子，也是在残雪中新绿初萌的山间游罢下到这温泉村的时候。如此眺望留有自己足迹的山岭，由于正值秋日登山时节，岛村不由得心驰神往。养尊处优的他偏要不辞劳苦地登山爬岭，很像是徒劳的样本。但正因如此，其中又有一种非现实性魅力。

离得远了，总是想起驹子；而离得近了，不知是得以放心，还是由于和她的肉体现在过于亲近的关系，岛村竟然觉得人体之亲和山体之亲似乎是同一梦境。想必也是因为昨晚驹子刚刚留宿离开吧,而一个人坐在寂静之中,就只能暗暗期待了:即使不叫,驹子也好像可以赶来。但在耳听郊游的女学生们充满青春活力的喧闹中,岛村想躺下休息,遂早早躺下。

很快,似乎有一场阵雨飒然而过。

第二天早上岛村睁开眼睛,驹子正端坐在桌前看书。外套也是平纹粗绸便服。

"醒了?"她悄声说着,往这边看来。

"怎么回事?"

"醒了?"

岛村怀疑驹子是在自己不知不觉时跑来睡下的。他一边打量睡铺,一边拾起枕边的手表:才六点半。

"还早嘛。"

"可女佣已来添火了。"

铁壶冒着早晨特有的热气。

"起来!"驹子走来坐在他的枕旁,俨然一副家庭主妇的架势。岛村伸了个懒腰,顺便抓起女子膝头处的手,摸弄小小手指上的硬茧。

"困。天不是刚亮吗?"

"一个人睡得还好?"

"啊。"

"你……还是没有留胡子嘛!"

"对了、对了,上次临别时你是这么说来着,要我留胡子。"

"反正你忘了,算了。总是刮得发青,刮得干干净净?"

"你不也是?洗去脂粉,脸就像刚刚挨过剃刀似的。"

"脸蛋好像又胖了。皮肤白,睡着的时候没有胡须,怪怪的,又圆。"

"柔和不好吗?"

"心里不踏实。"

"不可以的嘛,定定看人家!"

"是看了。"驹子点头微微一笑,转而像忽然着火似的笑出声来,握他手指的手不觉之间加了力气,"我藏在壁橱里来着,女佣一点儿也没发觉。"

"什么时候?什么时候藏起来的?"

"不就刚才么,女佣送火来的时候。"

驹子径自笑个不停,但当蓦然红到耳根时,她像要掩饰似的拿起被边扇动。

"起来,快起来!"

"冷!"岛村抱被不动,"旅馆的人都起来了?"

"不知道。我从后面上来的。"

"后面?"

"从杉树林那里爬上来的。"

"有那样的路?"

"路是没有,但很近。"

岛村吃惊地看着驹子。

"谁也不知道我来的。厨房里倒有动静，但大门仍关着，是吧？"

"你又是早起。"

"昨晚没睡着。"

"下阵雨知道的？"

"下了？难怪那里山白竹湿了，原来是下雨下的。我回去了，你再睡一会儿，睡吧！"

"我起来就是。"岛村仍然抓着驹子的手，就势一跃而起，径直走到窗边，俯视驹子说她爬上来的那个地方：茂密的灌木丛下端，山白竹气势汹汹连成一片。那是连着杉树林的山腰。紧靠窗户下面的田里长着萝卜、红薯、大葱、芋头之类，虽是普通蔬菜，但在清晨阳光的照耀下，每片叶子的颜色都各有不同——岛村觉得好像第一次发现。

总管从通往浴池的走廊里给泉水中的锦鲤投放饵料。

"好像冷了，食吃得不欢。"总管对岛村说着，久久注视着浮在水面的饵料。饵料是将蚕蛹晒干、碾碎做成的。

驹子的坐姿显得十分洁净。她对泡完澡回来的岛村说：

"假如在这么安静的地方做针线活儿就好了。"

房间刚清扫完，秋天清晨的阳光深深地照在有些旧了的榻榻米上。

"会做针线活儿？"

"失礼的哟！兄弟姐妹里边我最辛苦的。想来，我长大那时候好像是家里日子最苦的年月。"驹子仿佛自言自语，但声音马上兴奋起来,"我阿驹不管什么时候来,女佣表情都怪怪的。毕竟不能再三再四总躲进壁橱里,伤脑筋啊!回去了,忙着呢。没睡着觉,想洗洗头。不赶早洗的话,又要等头发干,又要去梳发师那里,中午宴会就赶不及了。这里也有宴会,昨晚有通知让我过来,已经接受了外面的,来不成的。星期六忙得不得了,不能来玩了。"

虽然嘴上这么说,但驹子并没有动身的样子。

驹子不洗头发了,把岛村拉到后院。或许刚才是从那里溜进来的,游廊下有驹子穿湿的木屐和袜子。

看样子,她拨开爬来的山白竹很难通过,于是岛村沿地头往流水声那边走了下去。河岸是很深的悬崖,栗树上传来小孩儿的声音,脚下草丛中也落了好几个毛栗子。驹子用木屐一碾,栗子果露了出来。粒儿都不大。

对面陡峭的半山腰上,茅草正在抽穗,银灿灿一片,此起彼伏,炫目耀眼。虽然颜色炫目耀眼,但又像是秋空中飞舞的透明的梦幻。

"不去那里看看?能看见你未婚夫的墓。"

驹子挺直身子迎面注视岛村,忽然将一把栗子打在他脸上。

"你要耍我不成?"

岛村来不及躲闪,额头发出声响,很痛。

"什么因缘要你看人家的墓?"

"何苦动那么大的气?"

"那对我也是很严肃的事情。和你这种以花天酒地的心情生活的人不同。"

"谁以花天酒地的心情生活来着?"他有气无力地嘟囔了一句。

"那么,为什么一口一个未婚夫?以前不就跟你说过不是未婚夫的吗?忘了?"

岛村没忘。

"师傅或许一时希望她儿子和我在一起,但那只是心里的事,一次也没说出口来。师傅的那种心思,她儿子也好,我也好,都隐约知道,可两人之间并没有什么事,不在一处生活。我被卖去东京时,他独自一人送行来着。"——记得驹子这样说过。

那个男子病危时驹子竟来岛村这里留宿,也曾冷冷说道:"我做自己喜欢的事,要死的人怎么能阻止得了呢?"

不仅如此,驹子正给岛村送站时,叶子前来找她,告诉她病人情况不妙,然而驹子却断然拒绝回去,以致好像没赶上见最后一面——因为这样的事也曾有过,所以行男那个人就更加留在了岛村心里。

驹子总想回避提起行男。即便不是未婚夫,但也曾为了给他挣疗养费而在此出道当了艺伎。所以,那必是"很严肃的事情"。

驹子见岛村被栗子打了也没有生气的样子,刹那间有些惊诧,转而像要瘫倒似的一下子向岛村扑来。

"哎，你是个直性子，有什么事让你伤心吧？"

"小孩儿在树上看着呢。"

"不明白啊，东京人复杂。四周吵吵嚷嚷，注意力要分散的，是吧？"

"什么都要分散的。"

"连命都很快分散的。去看看墓吧！"

"这……"

"喏、喏，你不是一点儿都不想看墓的吗？"

"只是因为你想不开。"

"我一次也没去看过。是想不开，真的，一次也没有。这回师傅也埋在一起了，我是觉得对不起师傅，就更不能去了。去了，显得假模假样的。"

"你倒是够复杂的。"

"何以见得？对方活着，没办法厘清，但起码对死去的人要清清楚楚的。"

杉树林中，岑寂仿佛即将化为冰冷的水珠滴落下来。穿过杉树林，沿铁路边走过滑雪场的山脚，很快到了墓地。只在稍高的田埂一角立了十来块旧了的石碑和一尊地藏菩萨，寒碜碜、光秃秃的，没有花。

但是，从地藏菩萨后面的矮树荫中，竟意外浮起了叶子的上半身。她也当即现出不无面具意味的、一如往常的认真神情，以燃烧一般灼人的眼神看着这边。岛村点头致意后，就那样站立不动。

"叶子早啊!我去梳发师……"就在驹子说到这里之时,就像怕被一阵黑风吹跑似的,她和岛村都缩起了身子。

一列货车从身旁驶过。

"姐姐!"叫声从狂暴的声响中流淌过来,一个少年在黑色货车的门口挥动着帽子。

"佐一郎——!佐一郎——!"叶子喊道。

那是在雪中的信号所呼喊站长的声音,声音动听得令人悲伤,仿佛在呼喊遥远的船上全然无法听见的人。

货车通过之后,他们就好像取下了蒙眼布。铁路对面的荞麦花显得分外光彩夺目,红茎上齐刷刷开满小花,安安静静。

由于意外见到叶子,以致两人几乎连火车来都没觉察到,而刚才的尴尬也被货物列车一吹而光。

之后,较之车轮的声音,似乎更是叶子语声的余音留了下来,仿佛纯洁爱情的回响。

叶子目送火车。

"弟弟在上面,我是不是该去车站看看?"

"可火车根本不在车站等你啊!"驹子笑道。

"是啊。"

"我嘛,不会给行男扫墓的。"

叶子点头,稍一迟疑,然后在墓前弯腰,双手合十。

驹子仍直立不动。

岛村移开视线看地藏菩萨:三面长脸,除了在胸前合掌的双臂，左右分别还另有两只手。

"梳头发去。"驹子对叶子说罢，便沿田间小路朝村子的方向走去。

树干与树干之间，像用竹竿和木杆绑晾衣竿那样分好几级绑着用当地话叫"八手"那样的东西，用来晾晒稻谷。它们看上去犹如高高的稻谷屏风——岛村等三人经过的路旁也有百姓在绑"八手"。

姑娘们穿着窄腿裤，腰肢轻轻一扭，就把稻捆扔了上去。爬上高处的男人灵巧地接过，像捋一样分开后搭在竿上。这种训练有素的下意识动作轻快地周而复始。

驹子像测量贵重物品的重量似的把"八手"上垂下的稻穗托在手心，一边慢慢摇晃，一边像把玩稻穗感触似的眯起眼睛。

"好颗粒，一摸都开心的好稻子，和去年大不一样。"

一群麻雀在她头上的天空低低地飞来飞去。

路旁的墙壁上残留着这样的旧贴纸：插秧人工酬金协议。一日九角，管饭。女工为其六成。

叶子家也有"八手"。房子建在距道路稍微凹进去的田地里，院子左侧沿邻院白墙排列的柿树上绑着高高的"八手"。此外，田地与院子之间即同柿树的"八手"成直角那里同样有"八手"。一端有入口，可以从稻穗下穿过，宛如用稻谷——并非草席——搭建的小屋。田地里枯萎的大丽菊和玫瑰的前面，芋头正铺展着气势逼人的叶片。红鲤莲池在"八手"的另一侧，无从看见。

驹子去年住的养蚕的房间，窗口也被挡住了。

叶子气恼似的点了一下头，从稻穗的入口回去了。

"这房子只她一个人住？"岛村目送叶子约略前倾的背影问道。

"不至于吧。"驹子没好气地说，"啊，算了，不梳头发了。就因为你多嘴多舌，打扰了人家扫墓。"

"不是你耍性子不愿在墓地见她的吗？"

"你不明白我的心情的。往下有时间再去洗发，也许晚些，但肯定去。"

时间已是夜里三点。

拉门像被推倒一般打开，声音把岛村惊醒，驹子"嗵"一声长拖拖倒在岛村胸上。

"说来就来了吧。喏，说来就来了，对吧？"驹子喘着粗气，连腹部都起伏不止。

"醉得一塌糊涂啊！"

"喏，说来就来了，对吧？"

"啊，来了、来了。"

"来这里的路上，看不见，什么都看不见。唔——好难受。"

"那也爬上坡来了？"

"不知道，不知道！"

驹子用力向后仰倒。岛村透不过气，想要爬起，因突然给人吵醒，脑袋迷迷糊糊的，于是躺倒下去，结果头枕在热东西上，心里一惊。

"像火似的，傻瓜！"

"是吗？火枕，要烧伤的哟！"

"果然。"闭上眼睛，那种热沁入整个脑袋，使得岛村切实产生活着的感触。随着驹子呼吸的加剧，现实这个东西传导过来。那是类似撩人情怀的悔恨，只是心里很释然，似乎在静静地等待着某种报复。

"说来就来了吧。"驹子一心重复不止，"这就来过了。回去了，回去洗发。"

随即爬起身，咕嘟咕嘟喝水。

"那样子回不去的！"

"回去。有伴儿的。泡澡用品，哪儿去了？"

岛村立起，打开电灯。驹子双手捂脸，趴在榻榻米上。

"不、不。"

驹子身穿艳丽的镶黑领的圆袖薄毛呢睡衣，系一条窄腰带，看不见衬衫的领口。就连光脚板的边缘都有了醉意，像躲藏似的缩起身子的样子显得分外可爱。

泡澡用品好像扔出来的，香皂、发梳到处都是。

"剪掉，剪子拿来了。"

"剪什么？"

"剪这个。"驹子把手放在脑后，"在家就想把头绳剪开，可手不听使唤，就想来这里请你给剪。"

岛村分开女子的头发剪掉头绳。他每剪一处，驹子就把头发抖落下来,这当中多少冷静下来了。

"现在什么时候了?"

"三点了。"

"哎哟,三点了?可别把头发剪掉哟!"

"扎了好多缕啊!"

岛村攥住一缕头发中加入的假发,发根那里热乎乎的。

"已经三点了?从宴席回来,我好像倒下直接睡了过去。和同伴讲好了,所以才会来找我的。她们肯定猜不出我去哪里了。"

"等着你?"

"去了共用浴池,三个人。有六场,但只转了四场。下星期赏红叶,要忙了。谢谢!"驹子一边梳解开的头发,一边扬起脸来,令人目眩地含笑道,"管它呢!呵呵呵,好玩!"

她怅怅地拾起假发。

"对不住同伴的,得走了。回来就不到这里了。"

"看得见路?"

"看得见。"

但她一脚踩在裙裾上,打了个趔趄。

早上七点和夜里三点,一天两次都在异常的时间偷空儿跑来。想到这里,岛村感到一种非同一般的情感。

旅馆的男工们像扎门松①那样用红叶把门口装饰起来,以

---

①门松:日本过年时用来装饰房门的青松枝。

此欢迎赏枫的客人。

以很大的口气指手画脚的是自嘲为候鸟的那个临时雇用的工头。从新绿到红叶期间在这一带的山间温泉做工,冬天去热海和长冈等伊豆的温泉挣钱——他就是这些人中的一个,不一定每年都在同一家旅馆做工。他每每炫耀自己在伊豆生意红火的温泉旅馆做过工的经验时,背后尽说这里待客方式的坏话。此人搓着手一个劲儿招引客人,但样子活像虚情假意的乞丐。

"先生,木通果您知道吧?如果想吃,这就给您取来。"他对散步回来的岛村说着,将带有木通果的枝条系在红叶枝上。

红叶枝像是从山上砍来的,高得顶到房檐上,红艳艳的,使得大门口灿然生辉。每一枚红叶都大得让人惊叹。

岛村手抓冷冷的木通果,蓦然往账台那边一看,叶子正坐在炉旁。

老板娘正用铜壶温酒。叶子和她面对面坐着,每次对方说什么她都连连点头,没穿窄腿裤,没穿外套,只穿一件似乎刚刚浆洗过的平纹粗绸和服。

"是来帮忙的人?"岛村若无其事地问工头。

"是的,托您的福,人手不够。"

"和你一样,是吧?"

"嗯。不过,乡下姑娘,很不一样的。"

叶子好像在厨房帮忙,一直没去宴会场所赶场。客人多起来以后,厨房里女工们的声音也大了起来,听不见叶子那动人的语声了。负责岛村房间的女佣说叶子睡前有在浴池里唱歌的毛病,但岛村没听到。

不过,想到叶子就在这里,不知何故,岛村对叫驹子有顾虑。尽管驹子的爱情是对他的,但他觉得那就像是一场美丽的徒劳——也是由于他自身的这种虚无感,反而使他随之像触摸裸体一般触摸到了驹子求生的活力。他可怜驹子,同时可怜自己。他感觉叶子仿佛具有无意中将这一切刺穿的像光束那样的目光,亦不觉为其吸引。

不用说,岛村即使不叫,驹子也频频跑来。

有时为看山溪深处的红叶而经过驹子家门前。每次听到汽车声响,驹子都断定来人必是岛村,当即飞奔出门,而岛村却头也不回一下——说薄情也未尝不可。这样,只要被叫来旅馆,驹子没有一次不到岛村的房间。去泡澡时也顺路进来。有宴会时,早来一个小时在他这里嬉闹,直到女佣来叫。还不时从宴席溜出,在梳妆镜前补妆。

"这就去干活,钱总要赚的。好了,钱,赚钱!"说罢起身离去。

琴拨袋啦,外套啦,驹子拿来的东西无论什么都想放在他的房间里。

"昨晚回来水没烧开,就在厨房里鼓捣了一会儿,淋上早晨剩的大酱汤,就咸梅干吃的饭,好凉的。今早没人喊我,睁眼一看十点半了。本想七点起来的,没起成。"

如此这般,加上从哪家旅馆去哪家旅馆等赶场情况,这个那个报告个没完。

"我还来的。"驹子说罢喝水,站起后却又说道,"也许来不成了,三十人的地方去三个人,忙得脱不开身。"

可不大一会儿又跑来说:

"受不了啊,三十人只三个人陪,又是一个最年老的和一个最年轻的,我受不了的。小气的客人,肯定是旅行团什么的。三十人起码得六个人陪才行。再去喝酒吓他们一吓。"

天天这个样子,长此以往怎么办呢?看情形驹子到底想身心俱掩,而这种孤独情态反而增添了冶艳风情。

"弄得走廊有动静,不好意思。蹑手蹑脚也能知道的吧?经过厨房时,人家笑我说'阿驹,是去茶花厅吗?',没想到自己会这么畏首畏尾的。"

"小地方,够伤脑筋的吧?"

"大家都已经知道了。"

"那可不妙。"

"是啊,要是有一点风言风语,在这小地方就待不下去了。"说罢,却又马上扬脸淡淡一笑,"管它呢,无所谓。我们去哪里都有活干。"

这种发自内心的直率话语,使得靠父母的遗产悠闲度日的岛村深感意外。

"真的,在哪里挣钱都一样,没什么可愁的。"

口气虽然漫不经心,但岛村还是听出了女子的心声。

"就这样好了。真能喜欢上一个人的,终究只是女的。"驹子有点儿脸红,低下头去。

于是后衣领闪出空隙,由背到肩如扇面一样展开。那施粉很浓的肌肤不无悲戚地隆起,看上去仿佛毛织品一般,又似乎有动物意味。

"在当今世上……"岛村悄声低语,话语虽然空洞,却令人不寒而栗。

但驹子单纯地应道:

"什么时候都一样。"

而后扬起脸,怅然地补充一句:

"这点你不知道的?"

驹子紧贴后背的红色衬衣看不见了。

岛村正在翻译保罗·瓦莱里①、阿兰②以及俄罗斯舞蹈全盛时期法国文人的舞蹈理论,打算自费出版小印数豪华本。虽然对今天的日本舞蹈界很难有什么用处,但这点未尝不可以说反而让他心怀释然。以自己的工作嘲笑自己,这怕是一种近乎撒娇的乐趣,也许他那哀婉的梦幻世界会从中产生出来,丝毫没有急于外出旅行的必要。

他仔细观察昆虫们挣扎死去的情形。

随着秋天日益变凉,他房间的榻榻米上每天都有昆虫死

---

① 保罗·瓦莱里:Paul Valéry(1871—1945),法国诗人、思想家、批评家。
② 阿兰:Alain(1868—1951),法国思想家,提倡理性和良知。

去。硬翅昆虫仰面朝天，再也无从爬起。蜜蜂走几步倒了，再走再倒。尽管死得安静，如季节的推移而自然消亡，但凑近细看，原来脚和触须颤抖着死得很痛苦。作为这些小飞虫的死亡场所，八张榻榻米看上去十分广阔。

岛村一边用指尖拾起尸骸准备扔掉，一边忽然想起留在家里的孩子们。

也有飞蛾总是伏在铁丝纱窗上一动不动——已经死了，如枯叶一般落下，还有的从墙壁上掉下。每次拿在手中，岛村都思忖这东西为什么会这么精美。

防虫纱窗已被取下，虫声明显凄清下来。

县境山岭的红锈色日益加深，夕阳一照，如微冷的矿石泛起黯淡的光。旅馆正是迎来赏红叶游客的旺季。

"今天大概不能来了，有本地人的宴会。"那天晚间驹子从岛村房间离开不久，大宴会厅就有鼓声响起，女人尖厉刺耳的声音也传了过来。就在这嘈杂声中，从意外切近的地方听得叶子清脆的语声。

"对不起，对不起！"叶子叫道，"这个……是阿驹送来的。"

站着的叶子像邮局投递员那样伸出手，又慌忙跪了下来。岛村打开信时，叶子已不见了，他来不及说什么。

"此刻锣鼓急，喝酒闹翻天。"一张诗笺上这样歪歪扭扭写道。

但不出十分钟，驹子带着紊乱的脚步声进来。

"刚才那孩子带来什么了吧?"

"带来了。"

"是吗?"驹子兴冲冲眯细眼睛,"啊,好舒服。说去拿酒,一下子溜了出来,给男工看见挨了训。还是酒好,挨训也不介意脚步声。啊——! 厌了! 一来这里,酒就忽然上头,这就去干活。"

"连指尖都是好颜色。"

"好了,买卖嘛。那孩子说什么了? 一个可怕的嫉妒鬼,知道?"

"谁?"

"要给她宰掉的。"

"那姑娘不也帮忙了吗?"

"她拿酒壶站在走廊阴影里,定定看着,眼睛一闪一闪的,你中意那样的眼睛吧?"

"只觉样子非比寻常,是看来着。"

"所以我写了这个让她捎来。渴,给我水。哪个不寻常? 女人这东西,不哄到手是弄不明白的。我可醉了?"驹子像要瘫倒似的抓住梳妆台两端往里窥看,又马上理好裙裾出去了。

不久,宴会似乎也结束了,一下子无声无息,只有瓷器声远远传来,想必驹子也跟客人去另一家旅馆赶"二次会"①了。正这么想着,叶子又把驹子的折叠信拿了过来。

"不去山风馆,马上返回梅花间,姑且请晚安。"

---

①"二次会":接着第一次换场地举行的宴会或聚会活动。

岛村有些羞赧地苦笑道：

"实在谢谢了。帮忙来了？"

"嗯。"叶子点头，趁机以刀刃般美丽的眼睛瞥了一眼岛村。岛村有些狼狈。

至今见过好几次，每次留下的印象都让人感动——这样的姑娘这么平平常常地坐在面前，竟使得岛村奇异地不安起来。她那过于认真的举止，看上去总好像是置身于异常事件的旋涡中。

"看样子很忙啊！"

"嗯，但我什么也做不来。"

"和你见面好些次了。最初是在你照料那个人回来的火车里，你向站长托付你弟弟的事，记得？"

"嗯。"

"听说你睡前在浴池里唱歌？"

"哎呀，不成样子，不好的。"声音美丽得让人吃惊。

"你的事，我觉得好像什么都知道。"

"是吗？是从阿驹那里听得的吧？"

"她绝不说的，甚至不大愿意谈你。"

"是吗？"叶子悄然侧过脸，"阿驹是不错的，但够可怜的，请你好好待她。"叶子快速说道，语声最后部分微微发颤。

"可我什么也做不成的。"

叶子看上去浑身都要颤抖起来。岛村从她那仿佛有危险的光闪逼来的脸庞上移开视线，笑着说：

"或许早回东京好些……"

"我也去东京的。"

"什么时候？"

"什么时候都可以。"

"那么，回去时领着你可好？"

"嗯，请领我回去。"

"只要你家里的人乐意。"

"家里的人？就一个去了铁路工作的弟弟。我拿主意就行了。"

"东京可有什么依靠？"

"没有。"

"跟那个人商量了？"

"阿驹？阿驹可恨的，不跟她说。"

说着，也许心情放松了，叶子以略微湿润的眼睛向上看他。岛村在这样的叶子身上感觉出奇异的魅力，不知何故，这反而使得自己对驹子的爱情熊熊燃烧起来。同这位不知根底的少女像私奔一样回东京，既像是对驹子深深谢罪的方法，又似乎是某种刑罚。

"你那样和一个男人同行不害怕吗？"

"怕什么？"

"不把在东京暂时的落脚之处、想要做什么这样的事定下来，不会有危险吗？"

"女人一个人总有办法可想的。"叶子动听地扬起尾音，目不转睛地注视岛村，"不能让我做女佣?"

"什么话，女佣?"

"女佣就算了。"

"以前在东京做什么来着?"

"护士。"

"进医院或学校了?"

"没有，只是想做。"

岛村再次想起叶子在火车中照看师傅儿子的样子，那种认真当中想必也表现出了叶子的愿望。他想着，不由得露出微笑。

"那么，这回也想学做护士了?"

"护士已经不想做了。"

"没有常性可不行的哟!"

"哎呀，什么常性，不喜欢的。"叶子反驳似的笑道。

笑声也清脆得让人悲伤，听不出白痴意味，但它仅仅敲了一下岛村心的外壳就消失了。

"有什么好笑的?"

"还不是……? 我只能照看一个病人。"

"哦?"

"再不能照看了。"

"是吗?"岛村又被闪了一下，静静说道，"听说你天天去看荞麦田下面的墓。"

"嗯。"

"你打算一生当中再不照看其他病人，再不祭扫其他人的墓了？"

"嗯。"

"那也能离开墓去东京？"

"哎呀，对不起。请领我去。"

"驹子说你是可怕的嫉妒鬼。那个人不是驹子的未婚夫？"

"行男？瞎说，瞎说！"

"你说驹子可恨，为什么这么说？"

"阿驹？"叶子像是招呼身在那里的人一样说道，目光炯炯地瞪视岛村，"请好好待阿驹。"

"我可是什么也做不了的哟！"

叶子的眼角淌出泪水，随即抓起掉在榻榻米上的小飞蛾，一边抽泣一边说：

"阿驹说我会发疯。"说罢，一闪走出房间。

岛村打了个寒战。

他打开窗，想把叶子捏死的小飞蛾扔出去。这时，看见喝醉的驹子正弯腰和一个客人不依不饶地猜拳。天阴了，岛村向浴池走去。

叶子领着旅馆的小孩儿进了旁边的女浴池。

叶子给小孩儿脱衣服，为小孩儿洗澡，语声十分温存，岛村觉得自己像是听到了纯情的母亲甜美的声音，心里很是惬意。

接着,那声音唱起歌来。

  到后面一看
  梨树三棵
  杉树三棵
  一共六棵
  乌鸦从下面垒窝
  麻雀从上面垒窝
  森林里的知了
  叫得那么婉转
  阿杉给朋友扫墓
  一程一程又一程

  叶子用唱拍球歌的儿童声调唱得兴致勃勃,使得岛村怀疑刚才的叶子是一个梦。

  叶子只管向孩子唱个不停,她离开后那语声仍像笛音一样留在那里。泛着黑色光亮的旧门厅地板上放着桐木三弦盒。这秋夜特有的静谧感也让岛村悠然意远,他正在看用此三弦的艺伎名字时,驹子从有洗碗动静的那边走来。

  "看什么呢?"

  "这人过夜了?"

  "谁?啊,这个?傻瓜啊,你这人,谁会带着这东西到处走来走去呢?一连放好几天的时候也是有的。"笑罢,驹子吃力地喘息着闭起眼睛，松开两侧的衣摆，朝岛村倒来。

"哎，送我。"

"不是不能回去吗？"

"不行、不行，回去。本地人的宴会，都跟着去'二次会'了，只剩下我。这里有宴会倒是好，可同伴回来后要找我去泡澡，我不在家，就太说不过去了。"

尽管醉得天旋地转，可驹子还是稳稳地走上陡坡。

"你把那孩子弄哭了？"

"那么说来，确实有点神经兮兮的。"

"那样看一个人，有意思的？"

"不是你说的吗？说她可能发疯。好像因为想起被你那么说，她才窝囊得哭起来的。"

"那倒还好。"

"下水还不到十分钟，那姑娘就用蛮好听的嗓音唱起歌来。"

"在浴池中唱歌是她的毛病。"

"还认真求我好好待你来着。"

"傻气。可那种事，你不向我吹嘘也未尝不可的嘛！"

"吹嘘？一说起那个姑娘，不知为什么，你总是怪怪地赌气。"

"你想得到她？"

"这不，就这么说话！"

"不是开玩笑，看见她，我就觉得她将来很可能成为我的大包袱，总有这个感觉。假如你喜欢她，你也注意观察好了，肯定要那么想的。"驹子把手搭在岛村的肩上，倒了过来，却突然摇摇头说，"不、不，到了你这样的人手上，她也许不至于发疯的，把我的包袱拿走可好？"

"适可而止吧！"

"你以为我醉了说车轱辘话？她在你身边得到关爱，我在这山中自甘堕落，心里'酥'一下子好得很。"

"喂！"

"别管我！"驹子一阵小跑逃开，"嘭"一声撞在木板套窗上。那里是驹子的住处。

"人家以为你不回来了。"

"哪能，门开着呢。"

驹子抬起发出一阵干响的门扇底端，打开门，低声道：

"进来吧！"

"都这个时候了！"

"这里的人都已睡着了。"

岛村到底畏缩不前。

"那么，我送你回去。"

"不必了。"

"不行。你不是还没看我的房间吗？"

从厨房门进去，这一家老小在眼前横躺竖卧，并排摊着这一带用窄腿裤那种棉布——而且已经褪色——做的硬被褥，主人夫妇和一个十七八的姑娘以及五六个小孩儿在淡褐色的灯光下各朝各的方向酣然大睡——寒碜之中，自有一种旺盛的生命力。

岛村像被一股热烘烘的睡息挡回来似的，不由自主地刚要出门，驹子却把身后的门"砰"一声关上，也不顾忌脚步声，径自踩着地板走了过去，岛村只好蹑手蹑脚穿过小孩儿的枕边，一种奇异的快感使得他胸口发颤。

"你在这等着，我上二楼开灯。"

"好的。"

岛村回答后便踩在漆黑的梯子上，回头一看，在那些朴实的睡脸对面可以看见一家糕点铺。

二楼有四个房间，铺着普通百姓家常铺的旧榻榻米。

"就我一个人，宽敞是够宽敞的。"驹子说道。

纸拉门全都大敞四开，旧家具堆在那边的房间里，烟火熏黑的纸拉门里面孤零零铺着驹子的被褥，墙上挂着她去宴会赶场时穿的衣服——俨然狐仙洞府。

驹子轻轻地坐在铺盖上，把唯一的坐垫让给了岛村。

"哎哟，这么红！"驹子窥看镜子，"醉成这个样子？"而后在衣箱上面找了找说，"喏，日记。"

"相当多啊！"

驹子递过衣箱旁边用彩印纸糊的小箱子，里面满满装着各式各样的香烟。

"客人给的，我塞进衣袖或夹在衣带里带了回来。虽然皱皱巴巴的，但不脏，差不多一应俱全。"驹子在岛村面前伸手在纸箱里摸来抓去给他看。

"哎呀,没有火柴。自己戒了烟,不用了。"

"可以了。做针线活?"

"嗯。忙着接待赏红叶的游客,毫无进展。"驹子回头拉过衣箱前没缝好的衣物归拢在一起。

大约是驹子生活纪念物的木纹漂亮的衣箱和奢华的朱红漆裁缝箱,仍和她住在师傅家旧纸箱般的阁楼时一模一样,但在这乱七八糟的二楼显得惨不忍睹。

一条细绳从电灯垂到枕头上方。

"躺着看书时,就拉这个关灯。"驹子摆弄着那条细绳,却又像家庭主妇似的规规矩矩坐着,样子有些害羞。

"活像狐仙出嫁。"

"真话!"

"要在这房间生活四年?"

"已经过去半年了,很快。"

一来下面鼾息传了上来,二来没有话茬可接,岛村匆匆站起身来。

驹子一边关门,一边探头望天。

"要下雪了,红叶到此为止了。"说罢又走到门外,"这一带是山乡,红叶烂漫时就要飘雪。"

"那,晚安。"

"我送你,送到旅馆门口。"

驹子却又跟岛村一起进了旅馆。

"休息吧。"

说罢,驹子一晃儿去了哪里,但不大工夫,满满倒了两杯冷酒,一进岛村房间就粗声大气地说:

"喂,喝酒,喝!"

"旅馆的人都已睡了,从哪里拿来的?"

"哼,我知道哪里有。"

看样子,驹子从酒坛拿酒时就已喝了,刚才的醉意重新上来,一边眯缝眼睛盯视杯里溢出的酒,一边说:

"不过,摸黑喝酒可是没滋味的哟。"

岛村接过驹子递来的冷酒,一口喝了下去。

这点儿酒本不该醉,但也许因为在外面走得浑身发冷,胸口陡然发闷,所以醉上头来。自己都好像觉得脸色发青,于是闭目躺倒。驹子慌忙过来照料。片刻,岛村因了女子热乎乎的身体而像孩子似的彻底放下心来。

驹子一副难为情的样子,举止好像没生过孩子的姑娘抱着别人家的孩子一样抬头看孩子熟睡的小脸。

良久,岛村忽然冒出一句:

"你是个好女孩啊!"

"此话怎讲?好在哪里?"

"好女孩!"

"真的?瞧你这人,说的什么?!请你说清楚!"驹子扭过脸去,一边摇晃岛村一边断断续续地追问,随即沉默不语。而后,独自含笑道:"这不好的。我不好受,你回去吧。再没穿的衣服了。每次来你这里都想换宴会服,可早穿完了。这件是借同伴的。我是个坏女孩吧?"

岛村不语。

"说呀,好在哪里?"驹子语声有些湿润,"第一次见面时,我就心想你这人不怎么样。没有人说话那么冒失,心里真的很不是滋味。"

岛村点头。

"喏,这个我一直瞒着你,明白?让女人说出这种话来,不就没戏了?"

"我无所谓。"

"当真?"驹子像反省自己一样久久沉默。一个女人活生生的感触暖暖地传导给了岛村。

"你是好女人。"

"怎么个好法?"

"好女人!"

"怪人!"驹子发痒似的躲过脸。但不知想到什么,霍地支起一只臂肘,扬脸问道:

"那是什么意思?哎,指的什么?"

岛村讶然注视驹子。

"说出来呀,你就为了这个跑来的?你是笑话我,到底是在笑话我。"

驹子满脸通红,瞪着岛村逼问。这期间,驹子双肩因强烈的愤怒而颤抖起来,脸"唰"一下子变得铁青,眼泪扑簌簌落了下来。

"窝囊,啊——窝囊!"驹子说罢,咕噜一声翻去一边,背过脸坐着。

岛村这才明白驹子听错了,胸口陡然一震,但还是闭目沉默。

"伤心啊!"

驹子自言自语地低声说着,弓起身子一头栽倒。

大概哭累了,她用银簪"扑哧扑哧"扎着榻榻米,而后忽然走出房间。

岛村没能随后追赶。听驹子这么说,他心里十分内疚。

但是,驹子似乎很快放轻脚步折了回来,从拉窗外以尖尖的声音喊道:

"哎,不去泡澡?"

"啊。"

"对不起,我改变想法了。"

驹子躲在走廊里,看样子不想进房间。于是岛村拿毛巾出来。驹子避免对视,略微低头走在前面,形象颇像因罪行暴露而被押走的人,但从身体在热水里泡热时开始变得欢快起来,欢快得令人不忍,根本谈不上睡觉。

次日早上,岛村因歌谣声醒来。

岛村静静地听了一会儿歌谣。正听着,驹子从梳妆镜前回过头,莞尔一笑说道:

"是梅花厅的客人。昨晚宴会后我不是给叫去了吗?"

"怕是歌谣会旅行团。"

"嗯。"

"下雪了吧?"

"嗯。"驹子立起,一把拉开木格窗给岛村看,"红叶这回完了。"

鹅毛大雪从被窗口切割开来的灰色天空朝这边联翩涌来,颇像静静的谎言。岛村以睡眠不足的无奈心情观望着。

唱歌谣的人也打起鼓来。

岛村想起去年底那个清晨的雪镜,遂往梳妆镜那边看去。镜中,鹅毛大雪那冷冷的雪花仍赫然浮现出来,在敞开衣领擦脖子的驹子四周飘起白线。

驹子的肌肤如刚刚出浴一般洁净,很难想象是因听错岛村偶然的一句话而变成那个样子的女子。而这看上去反倒有一种难以抗拒的悲哀。

红叶的铁锈色日益发暗的远山,因了第一场雪而恢复了勃勃生机,一派妖娆景象。

薄薄挂了一层雪的杉树林,每一棵杉树都那么历历在目,立在雪地,直刺天空。

在雪中绩麻、在雪中纺织、用雪水漂洗、在雪上晾晒,从绩麻到织布,一切都在雪中。古人也在书中写道:有雪才有麻绉纱,雪可谓麻绉纱之母。

村里的女人们在冰封雪飘的漫长冬季手工制作的雪国麻

绉纱，岛村也曾在旧衣店找来做过夏天的衣服。由于舞蹈方面的关系，他得以知道能乐戏服的旧货店，已经同店里说好，地道的麻绉纱有货之后，可以随时找他过目，打算用来做一件贴身单衣——他便是这样喜欢麻绉纱。

据说，从前每逢到了拿开挡雪芦帘、积雪融化的春天，麻绉纱就开始上市了。甚至有三都①的和服衣料批发商远远跑来收购麻绉纱，为此甚至有固定的常住旅店。姑娘们以半年精力织成的东西也是为了这个"初市"。因此，远近村落的男女云集而来，展销店、零售店鳞次栉比，如城里的节日一般热闹。麻绉纱带有纸标签，上面写着织女的姓名、地址，根据成色评出第一、第二，甚至据此选择新娘。若非从小开始学织，并且是十五六岁到二十四五岁的年轻女子，不可能织出上好的麻绉纱。上了年纪，布面就失去了光泽。姑娘们为了进入屈指可数的织女行列而精益求精，旧历十月开始绩麻，来年二月中旬晒完。毕竟大雪封山，别无事情可做，这种手工活她们也就做得格外专心，对产品充满挚爱之情。

岛村穿的麻绉纱之中，也可能有明治初期至江户末期的姑娘织出来的。

岛村至今仍把自己的麻绉纱拿出去"雪晒"。将不知何人穿过的旧衣服年年送往产地晾晒诚然麻烦，但想到往日姑娘们冬天里的那番苦心，他还是希望在织女生活的当地用真正的晒法来晒。清晨的太阳照在深雪上晾晒的白麻绉纱上面，

---

①三都：东京、大阪、京都三大都市。

雪也好纱也好，均被染成红色，难分彼此——仅仅想象那样的场景，都觉得夏天的污垢一除而光，就好像自身得到晾晒一样舒心惬意。不过，东京的旧衣店也能给晒，至于往昔的晒法是否传承至今，岛村就不晓得了。

晒衣店过去就有，很少有织女们分别在自己家里晒，大多交给晒衣店。白麻绉纱织完才晒，有颜色的则在织成麻绉纱后搭在架子上晒。白麻绉纱直接摊在雪上晒，从旧历一月晒到二月，据说有时将整个覆盖水田、旱田的积雪作为晒场。

无论布还是纱，都要用灰水浸泡一夜，翌日早上水洗多次，拧干晾晒，如此反复数日。当白麻绉纱即将晒完时，清晨的阳光金灿灿照在上面——那场景简直美妙得无法形容，真想给"暖国"的人看看，往昔的人也这样写道。而当麻绉纱晒完时，雪国的春天就要来临了。

麻绉纱产地离这温泉村近，山谷渐渐开阔形成的下游平原即是，从岛村的房间也能望见。往日有麻绉纱集市的镇上都有了火车站，如今也作为机织地广为人知。

但是，岛村因为不曾在穿麻绉纱的盛夏和织麻绉纱的严冬来过这温泉村，所以没机会向驹子谈起麻绉纱。

不料，听到叶子在浴池唱的歌以后，岛村蓦然心想：这个姑娘如果生在过去，说不定偎依在纺车或织机上那样唱歌。叶子的歌声正是那样的腔调。

据说比毛还细的麻纱要在有天然的积雪潮气时才好处理，

阴冷时节最好。过去的人有这样的说法：寒冷中织的麻绉纱在炎热中穿而肌肤生凉乃是阴阳自然之理。缠着岛村的驹子也好像有某种来自本源的清凉。正因如此，对岛村来说，驹子就有了格外大的价值。

可是，如此情爱好像连一块麻绉纱那样的确切形状也留不下。身上穿的即使是工艺品中寿命最短的，倘好好珍惜，也可以使五十多年的麻绉纱都不褪色。而作为人的贴身之物，再没有比麻绉纱更没寿命的了——如此茫然地思来想去之间，生了其他男人的孩子而当了母亲的驹子的身影蓦地浮现出来，岛村愕然环视四周。他想必累了。

岛村逗留时间很长，甚至忘了回妻子身边，倒也不是因为难舍难分，但等待驹子频繁来见已成了岛村的习惯。而且，驹子越是步步紧逼，岛村越是强烈自责：莫非自己不是活人不成？就是说，尽管面对自己的寂寞，却又定定伫立不动。驹子进入自己内心这点让岛村感到费解。驹子的一切都能让岛村理解，然而岛村身上无论什么都似乎与驹子格格不入。驹子那类似撞击虚无之壁的回响的声音，在岛村听来仿佛是落在自己胸底的雪花。岛村这种任性不可能永远持续下去。

岛村觉得，这次回去后，恐怕再不能轻易来这温泉旅馆了。每当他靠在雪季来临前的被炉上，旅馆主人特别拿出的京都产的旧铁壶都会发出轻柔的松涛声。铁壶上巧妙地镶有银制花鸟。松涛声双音重叠，可以听出远近之别。远处的松涛声好像其前方不远处另有小铃铛隐约响个不停。岛村耳贴铁壶听那铃声。在铃响不已的远方,岛村忽然看见如铃声一般碎步走来的驹子的小脚。岛村一惊,心想必须离开这里了。

岛村想到一件事:去麻绉纱产地看看。同时也有趁机离开温泉旅馆的打算。

但是,岛村不知道该去下游好几座镇子的哪一座。他并非想看现已发展成机织地的大镇,遂在莫如说有些寂寥的车站下了车。前行不久,来到仿佛昔日客栈集中的镇道。

家家房檐伸得很长,支撑檐端的立柱并立于道旁,很像江户城所叫的"店下",但在这个地方似乎古来称之为"雁木",以便雪深时节通行。路的一侧房舍整齐,长房檐接连不断。

因为家家相连,所以房顶的雪只能扫到道路中间,实际上也是从大房顶上把雪扔去路中间的雪堤上的。去对面必须在雪堤上到处掏洞,当地好像叫作"钻胎"。

虽然同是雪国,但驹子所在的温泉村并不是房檐相连,所以岛村在这镇上看见雁木是第一次。他觉得稀罕,便在那里走了一会儿。古旧的房檐下面很暗,倾斜的立柱底端已然朽烂,感觉上似乎在窥看一代代被雪掩埋的忧郁的房屋。

在深雪中专心做手工活的织女们的生活,绝不像其生产出来的麻绉纱那般清爽明朗,古镇印象足以令人这么想。过去写麻绉纱的书中也引用过唐代秦韬玉的诗,上面说之所以没有雇织女来纺织的人家,是因为织一匹麻绉纱很花时间,换成钱得不偿失。

如此辛苦的无名织工早已离世，唯独美丽的麻绉纱留了下来，夏天肤感凉爽，成为岛村们奢侈的衣着。倏然，岛村觉得这并非不可思议的事很是不可思议：莫非一往情深的爱之行为迟早将在哪里成为对所爱对象的鞭挞不成？岛村从雁木下上到路面。

镇道又直又长，不愧曾是客栈道，估计是从温泉村通来的老路。木板苫的房顶上，压木和压石也和温泉村的没什么两样。

房檐立柱投下淡淡的阴影。不觉之间，已是薄暮时分。

再无任何东西可看，于是岛村再次上了火车，在下一座镇子下了车。这镇子同前面的镇大同小异，他同样只是转了一会儿，为御寒吃了一碗乌冬面。

乌冬面馆位于河边，河大概也是从温泉村那里流来的。可以看见尼姑三三两两从桥上走过，她们脚穿草鞋，有的背着馒头状斗笠，像是化缘归来，给人以乌鸦急于归巢之感。

"走过的尼姑相当多，是吧？"岛村问乌冬面馆的女主人。

"是的，这后面有座尼姑寺。很快就要下雪，再从山上出来就不容易了。"

暮色渐浓，桥那边的山峦已经白了。

这个地方，树叶飘零、秋风生凉的时候，一连是冷飕飕的阴天。那是下雪的前兆。远近高山变白，称之为"山戴帽"。有海的地方海涛怒吼，山深的地方林木咆哮，势若远雷，称之为"地打雷"。看"山戴帽"，听"地打雷"，遂知雪已不远——岛村想起过去一本书上这样写道。

岛村早上在睡铺中听得赏红叶的游客唱歌谣的那天下了第一场雪。海和山今年也呼啸过了吗？单独旅行的岛村也许在温泉旅馆不断同驹子相会期间听觉变得格外敏锐起来，仅仅这么一想，远处的山呼海啸都好像穿过耳底。

"尼姑们往下也要闭门过冬了。有多少人呢？"

"这……怕是很多吧。"

"清一色的尼姑们聚在一起，在长达好几个月的大雪中干什么呢？过去这一带织的麻绉纱，在尼姑寺织一织怎么样呢？"

听了好事的岛村这番话，乌冬面馆的女主人只是淡淡一笑。

岛村在火车站差不多等了两小时回程火车。光线微弱的太阳落下之后，夜气像要打磨星星似的冷了起来。岛村的双脚随之发冷。

跑了一次的岛村自己都不知道跑去干了什么，就那样返回温泉村。汽车穿过平日的铁道口来到护镇神社的杉树林旁边时，眼前有一家亮灯的人家，岛村舒了口气。那是名叫菊村的小餐馆，门口有三四个艺伎站着说话。

岛村思忖驹子可能也在。少顷，驹子果然出现了。汽车马上放慢速度——司机好像知道岛村和驹子的事，有意慢行。

岛村蓦然回头看同驹子方向相反的后面，所乘汽车的车辙清楚地留在雪地上，想不到能在星光下看得很远。

车开到驹子跟前，但见驹子刚一闭眼，旋即朝车扑来。车没停，径自悄然开上坡路，驹子在车窗外的踏板上弯着身子，抓住车门把手。

尽管那势头就像飞扑过来而被直接吸在了上面一样，但岛村还是觉得像有个毛茸茸、暖乎乎的东西贴上身来，没觉得驹子的做法有什么危险和不自然。驹子像抱住车窗似的抬起一只胳膊，袖口往下一滑，只见长衬衣的颜色隔着车窗透了出来，沁入冷得发硬的岛村的眼睑。

驹子把额头顶在窗玻璃上厉声高喊：

"到哪儿去了？喂，到哪儿去了？"

"不危险吗？胡闹！"岛村也大声回答。一种撒娇游戏。

驹子打开车门侧身倒了进来，但那时车已停住，到了山脚。

"哎，到哪儿去了？"

"唔，这……"

"哪儿？"

"哪儿也没去。"

驹子整理裙裾那艺伎特有的手势，在岛村眼里显得很稀奇。

司机一动不动。在停在道路尽头的车中这么坐着是不正常的——岛村意识到后，遂说：

"下车吧！"

驹子把手放在岛村的膝盖上。

"啊，凉，这么凉！为什么不带我去？"

"是啊。"

"什么呀，怪人！"驹子得意地笑着，登上陡峭的石阶小路，"你出去的时候，我看见了。两三个小时之前吧？"

"嗯。"

"我听得汽车声响出来的，出来到外面看。你这人，没看后面的吧？"

"哦？"

"没看！为什么不回头看？"

岛村一惊。

"不知道我在看你？"

"不知道。"

"喏，这就是了。"驹子仍得意地含笑说道，随即靠过肩来。

"为什么不带我去？天变冷了，讨厌。"

突然，火警钟声急剧响了起来。

两人回头一看。

"失火，失火啦！"

"失火了！"

火焰从下面村落的正中腾起。

驹子叫了两三声什么，抓住岛村的手。

黑烟盘旋上升，火舌时隐时现，火似乎打横舔着房檐。

"哪里？不是你原来的师傅家附近吗？"

"不是。"

"哪一带?"

"往上,停车场那里。"

火焰穿过房顶,腾上天空。

"哎呀,是蚕茧库,蚕茧库!哎呀呀,蚕茧库烧啦!"驹子连声说着,脸颊紧贴岛村的肩头。

"蚕茧库!蚕茧库!"

火越烧越旺,从高处俯视,辽阔的星空下,火灾如玩具火一样平静。尽管如此,但似乎可以听见熊熊烈火燃烧的声音,这种恐怖仍感同身受。岛村抱着驹子。

"不是没什么好怕的吗?"

"不、不、不!"驹子摇头哭了起来。

岛村手心里的那张脸好像比平时小,绷紧的太阳穴不住地颤抖。

驹子是看见火才哭的,但她为什么哭呢?岛村也不怀疑,只管搂着她。

驹子忽然停止哭泣,抬起脸说:

"哎呀,对了,蚕茧库有电影,今晚!人进得满满的,你……"

"那不得了!"

"会有人烧伤,烧死的!"

两人慌忙爬上石阶,因为上边能听见嘈杂声。抬头看去,那座旅馆无论二楼还是三楼,几乎所有房间都打开了拉窗,人们跑到亮灯的走廊里看火。院子一侧并列的菊花枯枝由于旅馆的灯光或星光而现出轮廓,又忽然觉得那是火光映照出来的。菊枝后面也站着人。旅馆总管等三四个人连滚带爬地从楼上下来,险些撞在两人脸上。

驹子大声喊道:

"喂,是蚕茧库吧?"

"蚕茧库!"

"受伤的人呢?没人受伤?"

"怕是正在抓紧抢救。听电话里说,火是从电影胶片中忽一下蹿出来的,火蔓延得快。你看!"总管刚一照面就扬起一只胳膊走了,"听说小孩子一个接一个被从二楼扔下来。"

"啊,怎么办?怎么办?"

说着,驹子追着总管走下石阶。后面下来的人跑向前去,驹子也跟着跑了起来。岛村也拔腿开跑。

石阶下面,火被房子挡住,只能看见火焰的顶端。火警钟声朝那边回荡开去,愈发令人不安。

"雪好像结冰了,小心滑倒。"驹子回头看岛村,就势止住脚步,"对了,你可以了,不去也可以的。我担心村里的人……"

这么说来,的确是这样。岛村松懈下来,铁道随之出现在脚下。铁道口到了。

"银河,好漂亮啊!"

驹子低语一句,望着天空再次跑了起来。

啊,银河!岛村也抬头仰望,倏然觉得身体好像飘飘然飞向银河。银河的光亮是那样切近,像要把岛村掬起似的。旅途中的芭蕉①在波涛汹涌的大海上看见的想必就是如此恢宏灿烂的银河,无遮无拦的银河径直垂降在那里,要把夜晚的大地用裸肤卷裹起来。那是令人惧怵的冶艳。岛村感觉自己渺小的身影似乎从地面倒着映入银河,不仅可以一个个看清银河中的点点繁星,而且可以分辨一粒粒无所不在的天光云影间的银沙——银河便是这般晶莹澄澈。同时,银河的无底深邃又将自己的视线吸了进去。

"喂——!喂——!"岛村招呼驹子,"喂——!过来!"

驹子朝银河下垂的黑暗山岭那边一路奔跑着。

底襟大概提起来了,红色的裙裾随着胳膊的摆动忽而探出,忽而缩回。那是星光辉映在雪地上的红色。

岛村一溜烟追去。

驹子放缓脚步,松开底襟拉起岛村的手。

"去的,你也……?"

"嗯。"

"好事啊!"驹子抓起拖雪的裙裾,"我要被人笑的,回去吧!"

"啊,就到那里。"

"那不合适吧。居然把你领去火灾现场,对不住村里人的。"

---

① 芭蕉:松尾芭蕉(1644—1694),日本江户时代著名俳句诗人。此句背景应是元禄二年(1689)芭蕉做"奥州小路"之旅时所咏"银河横佐渡,大海涌惊涛"(荒海や佐渡に横たふ天の河)之句。

岛村点头站住,但驹子仍然轻抓着岛村的袖口慢慢走了起来。

"在哪里等我,马上回来的。哪里好?"

"哪里都好。"

"是啊,再往前一点儿。"驹子盯住岛村的脸,突然摇头道,"厌了,已经。"随即"嗵"一声撞在岛村身上。

岛村打了个趔趄。

路旁浅雪中长着一排葱。

"窝囊啊!"驹子快嘴快舌地逼问岛村,"喂,你……你说我是好女人的吧?要走的人为什么那么说?不能告诉我?"

岛村想起驹子"扑哧扑哧"往榻榻米上扎发簪的场景。

"哭,我回到住处也哭来着。害怕和你分开,可你还是快走吧。被你说哭过,我不会忘记的。"

想到因驹子误听而反倒深深渗入女子骨髓的那句话,一种难解难分之情使得岛村感到有些窒息。这时忽然传来火灾现场的呼叫声——新的火舌火星四溅。

"哎呀,又着了,着成那个样子,火着成那个样子!"

两人像获救一般跑了起来。

驹子很能跑,木屐飞快地掠过冻雪,胳膊不像是前后摆动而更像是向两侧张开,上半身运足了力气。岛村觉得她意外个小。偏胖的岛村边看驹子边跑,早已跑得气喘吁吁。但驹子也很快上气不接下气,歪倒在岛村身上。

"冻眼珠子,眼泪出来了。"

脸颊发热,唯独眼睛发冷。岛村眼睑也湿了,一眨眼,满目银河。岛村忍住即将落下的眼泪。

"银河每晚都是这样?"

"银河?漂亮啊!不会是每晚吧。好晴的天!"

银河从两人跑来的身后流到前面。驹子的脸庞仿佛映在银河之中。

但鼻形不清晰,唇色也消失了。岛村很难相信横贯长空的光层竟这般幽暗。星光大概比朦胧的月夜淡些,但银河比皓月当空还要明亮,地上没有任何阴影——驹子的面庞在这隐约的光亮中如旧面具一样闪现出来,发出女性气味,甚是不可思议。

抬头仰望,银河仍像要拥抱大地似的垂下。

又像是巨大极光的银河漫过岛村的身体流淌过来,使得岛村恍惚觉得自己站在天涯海角,那般静寂清冷,却又是一种惊艳。

"你走了,我要认真生活。"说罢,驹子移动脚步,手摸蓬松了的发髻,走了五六步,回过头来,"怎么了,真是的!"

岛村伫立不动。

"等着我,怎么样?过后一起回房间。"

驹子举了一下左手,然后跑了,背影像被吸进了昏暗的山底。银河在山脉波浪线断开的那里展开裙裾,又反过来从那里以辉煌的大跨度向天空铺陈开去。山依然暗影沉沉。

岛村起步不久,驹子的身影即被街上的房子挡住不见。

"嗨哟，嗨哟，嗨哟！"号子声传来了，镇道上有人拉水泵。人好像一伙接一伙地跑向前去，岛村也急忙跑上路面。两人走来的路顶在镇道上，形成一个丁字路口。

又有水泵过来了，岛村躲过，跟在后面跑。

那是木制老式手压泵。除了拉着长绳子的一队，水泵四周团团围着消防队。那是个小得出奇的水泵。

驹子也在路旁躲开水泵，看见岛村，开始一起跑。站在路边躲水泵的人像被水泵吸引一样跟在后面奔跑。现在，两人也只不过是跑往火灾现场的人群中的两个罢了。

"来了？真是好事。"

"嗯。水泵叫人担心啊，明治以前的。"

"就是。别摔倒。"

"够滑的。"

"对了，往下整夜刮暴风雪的时候，你再来一次看看，怕是不能来吧？野鸡啦，兔子啦，都逃到人住的房子里面来了。"驹子说道。在消防队的号子声和人们的脚步声的刺激下，她的声音好不欢快。岛村身上也轻松起来。

火焰声传来了，火舌在眼前立起。驹子抓住岛村的臂肘。镇道旁边又矮又黑的房顶在火光中气喘吁吁似的显现出来，又马上淡出。脚下的路面上流淌着水泵的水。岛村和驹子也自然而然地站在人墙中。火灾的焦煳味儿和煮茧味儿混在一起。

从电影胶片中蹿出火啦，看电影的小孩儿被"砰砰"从二楼扔下来啦，没人受伤啦，幸亏现在村里的蚕茧和稻米还没进库啦——原本人们在这里那里就这些高声谈论不休,但此刻一种静寂统治了火灾现场,仿佛所有人都对火缄口不语,又好像远近焦点倏然消失。人们似乎都在倾听火焰声和水泵声。

不时有迟一步跑来的村民到处呼唤亲人的名字,有人应答就互相欢呼,唯独这些声音充满生机。火警钟声也已不响了。

担心会有人看见,岛村悄悄离开驹子,站在一堆小孩儿后面。火烤得小孩儿直往后退,脚下的雪也似乎松动些了。人墙前面的雪,水火交融,脚印零乱,一片泥泞。

那里是蚕茧库旁边的庄稼地,同岛村他们一起跑来的村民大部分进了那里。

火大概是从支有放映机的入口那里烧起的,仓库已被烧掉一半,房顶塌了,墙壁倒了,梁柱等骨架冒着烟竖在那里。只剩木板房顶和地板,空空荡荡,仓库里已没有多少烟盘旋,浇足了水的房顶看样子也不会再起火了。然而火似乎仍未停止移动,从意料不到的地方冒出火苗。三台水泵急忙转去灭火,结果猛地蹿出火星后,黑烟随之腾起。

火星在银河中四溅开来,岛村再次觉得自己被掬上银河。烟涌上银河,银河则相反,"哗"一声从天而降。水泵的水龙偏离屋顶,摇晃着化为水烟渐淡渐白,宛如银河的光缕。

驹子不知什么时候走来,握住岛村的手。岛村回过头,默不作声。驹子往火那边看着,火焰在她稍微发红的一本正经的脸上喘息着、摇曳着。岛村胸口涌起热辣辣的东西。驹子发髻松了，脖子伸长。岛村指尖一阵颤抖，险些向那里伸出手去。岛村的手热了，驹子的手更热。不知何故，岛村觉得分别迫在眉睫。

门口那边的立柱或什么上面再次起火燃烧，水泵的水呈一条直线朝那边喷去。旋即，房脊和大梁"刺刺"冒着热气开始倾斜。

人墙"啊"一声屏住呼吸：只见一个女人的身体掉落下来。

为了也能作为剧场使用，蚕茧库在形式上大致设有二楼客座。虽说是二楼，但其实很矮。从二楼掉到地上只在一瞬之间，却又好像有时间足以用眼睛清楚地跟踪其掉落的身姿。或许因为女人掉落的样子奇特，有点儿类似木偶，所以一眼就能看出她已经神志昏迷，落地也没出声。因位置有水，也没起灰，大体掉在蔓延的新火与复燃的余火之间。

一台水泵正向复燃的余火斜喷弓形水龙，其前端陡然现出女人的身体，女人的身体在空中呈水平状。岛村心中一震，但刹那间没觉出危险和恐怖，仿佛那是非现实世界的幻影。僵挺的身体在下落过程中变得柔软，但那姿势显示的是木偶般的放任和命脉断绝的自由，生与死都已终止。若说掠过岛村心中的不安，只是担心平伸的女人身体是否会脑袋朝下，腰或膝是否弯曲，但看上去既没朝下也未弯曲，而是水平掉下。

"啊——！"

驹子惊叫一声捂住双眼，岛村也目不转睛地盯住。

掉下的是叶子！岛村也看出来是什么时候呢？人群"啊"一声屏住呼吸和驹子"啊——！"一声惊叫，其实是在同一瞬间。叶子的小腿在地上痉挛也好像在同一瞬间。

驹子的惊叫声穿过岛村的身体。在叶子小腿痉挛的同时，岛村也从头顶到脚尖掠过冰冷的痉挛，一种深切的痛苦和悲哀使得他的心跳一发不可遏止。

叶子的痉挛几乎微弱得肉眼看不确切，很快便停止不动。

较之痉挛，岛村最先看到的是叶子的脸庞和红色箭翎花纹的和服。叶子仰面掉下，裙裾卷到一条腿的膝盖偏上那里。掉在地上时也仅仅小腿痉挛了一下，神志似乎早已失去。不知为什么，岛村还是未能感觉出死，感觉出的而是类似叶子内在生命变形之转折点那样的东西。

叶子掉下的二楼看台有两三根房架木头斜落下来，开始在叶子脸上燃烧，毁掉了叶子那刀光一般美丽的眼睛。她下巴翘起，颈线笔直，火光在她白皙的脸上摇曳闪过。

猛然，岛村想起几年前在来温泉村看驹子的火车中见到山野灯火在叶子的脸庞正中点亮时的情景，胸口又一阵悸颤。同驹子相处的岁月似乎一瞬间被映照出来，其中有某种深切的痛楚和悲哀。

驹子从岛村身旁一跃而出，那几乎和她惊叫捂眼是同一瞬间，也是人墙"啊"一声屏息敛气之时。

水浇得黑色灰烬四散开来。驹子在那当中拖着艺伎长裙踉踉跄跄地奔跑过去——她想把叶子抱回。那张因殊死用力而绷紧的面庞下,垂着叶子即将升天般的神情空漠的脸。看上去,驹子怀抱的是自己的牺牲抑或刑罚。

人群七嘴八舌地发着声音崩溃开来,忽一下子围住两人。

"躲开,请躲开!"

驹子的叫声传来岛村耳畔。

"这孩子,疯了,她疯了啊!"

岛村想要接近如此狂喊乱叫的驹子,却被想把叶子从驹子怀中夺走的男子们推了个趔趄。岛村站稳脚举目仰望那一瞬间,银河仿佛"哗"一声朝岛村身上一泻而下。

千鶴

千 鹤

　　进入镰仓圆觉寺院内之后,菊治还在犹豫不决,不知该不该参加茶会①。他来晚了。

　　每当圆觉寺后院的茶室有栗本千佳子的茶会,菊治都受到了邀请,但父亲死后还一次也没来过。他认为那不过是在情理上邀请亡父罢了,并不理会。

　　但是,这次的请柬上补写了一句,希望菊治见见她的一位千金弟子。

　　看到这句话,菊治想起了千佳子的痣。

　　大约是菊治八九岁的时候,有一次跟父亲去千佳子家里。

---

① 茶会:茶道式品茶会。以"抹茶"或"煎茶"点茶招待客人,其场所称为"茶室"。讲究规格,注重形式。

千佳子在起居室敞开前胸,正用小剪刀剪痣毛。痣在左侧乳房占了一半,朝胸口窝扩展,手掌大小。那紫黑色的痣上好像长着毛,千佳子用剪刀剪着。

"哎哟,和小少爷一起来的?"

千佳子吃惊地合起衣襟。大概慌忙掩饰更让她不好意思吧,她约略转过膝头,慢慢把衣襟掖进衣带。

她吃惊好像不是因为父亲,而是由于看见菊治的关系。女佣到门厅迎候了,千佳子应该知道来的是菊治的父亲。

父亲没进起居室,在隔壁房间坐下。那里是客厅和学茶道的地方。

父亲一边看着壁龛①里的挂轴,一边漫不经心地说:

"来一杯茶吧。"

"好的。"

虽然这么答应着,但千佳子没有马上动身。

她膝间的报纸上落有像是男人胡须的毛,这也给菊治看在眼里了。

尽管是大白天,天花板上面却有老鼠吵闹。靠檐廊那里有桃花开了。

在炉旁坐下之后,千佳子点茶也有些发呆。

那之后差不多过了十天,菊治听得母亲像是透露惊人的

---

① 壁龛:日式客厅在上座位置加高地板并以立柱同两侧墙壁隔开的空间,墙上饰以挂轴(字画),下端板架陈饰花瓶。花瓶里的插花一般仅一枝或一朵。日语写作"床の間"。

秘密似的告诉父亲，千佳子是因为胸部有痣才不结婚的。母亲以为父亲不知道。母亲看上去很同情千佳子，一副十分不忍的样子。

"噢，噢。"父亲惊讶似的附和道，"不过，给丈夫看也无所谓的嘛！只要一开始没有瞒着……"

"我也那么说来着。可是，作为女人家，总不好说自己胸部有一大块痣吧！"

"又不是年轻姑娘！"

"到底是难以启齿的。若是你们男人，即使婚后才知道，也可能一笑了之。可是……"

"那么，给你看她的痣了？"

"何至于。尽说傻话！"

"只是说说？"

"今天她来学茶道的时候，说了好些话……不由得说了实话。"

父亲默然。

"假如结婚，男人会怎么样呢？"

"不快，心里不是滋味的吧。不过嘛，那种秘密成为乐趣、成为诱惑的可能性也不是没有。因为自卑而有好的表现也未可知，再说实际上也不是多大的妨碍。"

"我也安慰说不碍事的，可她说痣在乳房上。"

"噢。"

"看样子，一想到有孩子时要喂奶，她就难受得不行。就算丈夫无所谓，可对于婴儿……"

"是说有痣出不了奶？"

"不是那样的……她说，难受的是给吃奶的婴儿看见。那点我也没意识到，但作为本人是要这个那个考虑很多的。婴儿一出生就吃奶，眼睛能看见东西时就看见妈妈乳房上有块难看的痣，是这么回事吧？对世界的第一印象、对母亲的第一印象就是乳房上那块难看的痣——孩子一生都挥之不去，是吧？"

"唔。不过，那怕也是想过头了。"

"那么说来，喂牛奶也是可以的，还有奶妈……"

"痣也好，什么也好，有奶出来就行了嘛！"

"可就是行不通。听得我都流泪了。也难怪啊！拿咱家菊治来说，你不愿意他吸有痣的乳房的奶吧？"

"那倒是。"

菊治对故意装糊涂的父亲感到恼火。连自己都瞧见千佳子的痣了，父亲居然连自己也不放在眼里，可气！可恨！

可是，在差不多过去了二十年的现在，菊治不禁为之苦笑：想必父亲那时也是困惑的。

而且，菊治过了十岁的时候，每每想起母亲当时的话，便生怕有吮吸长痣的乳房的异母弟妹。

他不仅害怕外面生出弟妹，而且怕那样的孩子本身。菊治总觉得吃有一大块长毛痣的乳房的奶长大的孩子，很可能像凶神恶煞一样可怕。

所幸，千佳子好像没生孩子。往坏处推想，说不定是父亲不让她生。或者使得母亲流泪的关于痣和婴儿的说法成了父亲劝阻千佳子别生孩子的口实也未可知。总之，无论父亲生前还是死后，都没有出现千佳子的孩子。

被和父亲一起来的菊治看见痣后不久，千佳子就对菊治的母亲道出隐情，有可能出于抢在菊治讲给母亲之前的打算。

千佳子一直没有结婚，莫非那块痣左右她一生不成？

其实，即使在菊治心目中那块痣也没有消失，所以很难说不会在哪里同他的命运发生关系。

千佳子以茶会为借口说让他见一位小姐的时候，菊治眼前闪出那块痣来，蓦然心想，既是千佳子介绍的，那么想必是无任何瑕疵的珠圆玉润般的姑娘。

父亲不曾时而用手指捏弄千佳子胸部的痣吗？咬过都有可能，菊治如此想入非非。

即使现在走在寺山小鸟的鸣啭声中，这样的妄想仍掠过脑际。

不过，在给菊治看到痣两三年之后，千佳子好像男性化了，如今已彻底成了中性人。

今天茶会上想必她也是那么一副雷厉风行的做派，但那有痣的乳房恐怕已经萎缩了。意识到这一点，菊治舒心地笑了，还没笑完，两位少女从后面急步赶来。

菊治让开道，停住脚步问：

"栗本女士的茶会，是在这条路的尽头吧？"

"是的。"两位少女同时回答。

其实不问也知道,再说,根据少女身上的和服也能猜出去茶室的路,但菊治还是问了,以便坚定自己去茶会的决心。

拿着带有白色千鹤图案的桃红色绉绸包袱的少女,真是美丽动人。

◆◆◆◆

两位少女进茶室前换穿布袜时,菊治也到了。

从少女身后往里面看去,八张榻榻米大的房间里几乎膝碰膝排满了人,好像全是身穿花枝招展的和服的女子。

千佳子一眼就看见了菊治,吃惊地迎上前来。

"哎呀,请,稀客,欢迎!欢迎!从那边上来,没关系的。"千佳子指着壁龛旁边的拉门说。

里面的女人们似乎一齐转过头来,菊治红着脸说:

"全是贵妇人?"

"嗯。男士也来了,都回去了。您是万绿丛中一点红。"

"我可不红!"

"您有红的资格,没关系。"

菊治稍微摆了一下手,示意从对面的入口绕过来。

少女把穿来的布袜包在千鹤包袱皮里面,毕恭毕敬地直腰立起,让菊治先过。

菊治上到隔壁房间,糕点盒、搬来的茶具盒、客人物品等一些东西不无零乱地放在那里。女佣在里面的小水房[1]里清洗茶道用具。

千佳子走进来,在菊治面前屈膝坐下。

"如何,少女很好吧?"

"提着千鹤包袱的那个?"

"包袱?不知道什么包袱。就是刚才站在那里的漂亮千金嘛,稻村先生的女儿。"

菊治暧昧地点了一下头。

"包袱?眼睛盯的不是地方,让人大意不得。以为一起来的呢,心想您这人反应可真够快的。"

"瞧你说的。"

"来的路上遇见,也是缘分。稻村先生还认识您的父亲。"

"是吗?"

"她家之前是在横滨经营生丝的商家。今天的事我还没对少女说,您只管好好看看,看人怎么样。"

千佳子的声音不小,菊治担心被只隔一层纸拉门的茶室那边听见,不知如何应对。千佳子忽然凑过脸来。

"不过,事情多少有点麻烦。"千佳子压低嗓音,"太田太太来了,和女儿一起。"她打量菊治的脸色,"本来今天没有

---

[1]小水房:相当于茶室附设的小厨房,用来做茶会的准备或清洗茶具。日语写作"水屋"。

请她……不过这种茶会,路过的人无论谁都可以进来,刚才两对美国人就顺路进来过。对不起。太田太太可能是因为听说后赶来的,来了也就来了。不过,您的事她当然不知道。"

"今天的事,我也……"

菊治本来想说自己没打算相亲,但没有说出口,似乎在喉头处卡住了。

"尴尬的是太太那边。您佯装不知就行了。"

千佳子的这种说法也让菊治气恼。

栗本千佳子和父亲交往的时间应该不长,关系也不深。父亲在世时,千佳子作为得力的女人经常出入家门。不仅茶会,作为一般客人来时也来厨房干活。

千佳子已经男性化了,母亲早已谈不上嫉妒,似乎觉得那是令人苦笑的滑稽事。后来母亲也肯定觉察出父亲看过千佳子的痣,但那时风已经刮过了,千佳子以若无其事的神情站在母亲身后。

菊治也不知不觉间在千佳子面前随便起来,有什么说什么,毫无顾忌,小时候那种令人窒息般的厌恶感渐渐淡了。

千佳子男性化也好,成为菊治家的得力帮手也好,恐怕都是她的求生方式。

她借助菊治家的力量,作为茶道师傅取得了小小的成功。

想必千佳子仅靠同父亲之间虚幻的交合就压抑了自己的女性欲望——菊治在父亲死后想到这一点,甚至涌起了淡淡的同情之心。

母亲之所以没怎么对千佳子怀有敌意，一方面是因为给太田夫人的问题牵制住了。

作为茶道同行的太田死了以后，菊治的父亲负责处理对方的茶道用具，遂开始同其遗孀接近。

最先向母亲通风报信的是千佳子。

不用说，千佳子是站在母亲一边活动的，几乎活动过头了，又是尾随父亲盯梢，又是三番五次去遗孀家横加指责，简直就像她本人心底的妒火喷发了一样。

对于千佳子这种煽风点火的过度介入，内向的母亲莫如说感到心虚胆怯，担心家丑外扬。

即使菊治在场，千佳子也当着母亲的面骂太田夫人。若母亲表示不悦，千佳子就说"哪怕让菊治听听也好"。

"上次我去的时候，孩子也偷听我说三道四来着，无意中清楚地听得隔壁房间传来抽泣声。"

"小女孩？"母亲皱起眉头。

"是的，说十二岁了。太田太太这人，脑袋也少根弦，怕我开骂，自己特意起身把孩子抱出来，放在膝头上，坐在我面前，和小演员一起哭给我看。"

"孩子不是怪可怜的？"

"所以，也要用孩子作进攻武器嘛！孩子对母亲的事一清二楚。倒是个可爱的圆脸女孩儿。"

说着，千佳子转向菊治。

"菊治也可以对父亲说两句的嘛！"

"别太撒毒了!"母亲到底忍不住了,责备道。

"太太也不可以把毒吞进肚子里,最好一吐为快。您瘦成这样,对方却白白胖胖的!也许那是因为对方脑袋缺根弦的缘故,不过也和想法有关,认为只要不失体面地哭出来就行了……甭说别的,那迎接府上老爷的客厅里,还照常像模像样地挂着去世丈夫的相片!老爷竟然也默不作声!"

被千佳子如此说过的太田夫人,在菊治父亲死后领着女儿出席千佳子的茶会来了!

菊治打了一个寒战。

就算如千佳子所说今天没有请她,菊治也还是感到意外,千佳子和太田夫人在父亲死后可能仍有交往!说不定还让女儿跟千佳子学茶道来着。

"如果您不乐意,那么请太田夫人先回去好吗?"千佳子看着菊治的眼睛。

"我无所谓。如果对方要回去,请便就是。"

"如果她是那么机灵的人,您父母就不会那么伤脑筋了。"

"不过,小姐也一起来的吧?"

菊治没见过太田夫人的女儿。

菊治觉得有太田夫人在场,和那位手提千鹤包袱的小姐相见是不合适的。何况,他讨厌在这里第一次见太田小姐。

但是,千佳子那在耳畔挥之不去的声音弄得菊治心烦意乱。

反正是知道我来的吧,不藏不躲就是!

菊治站起身,从靠近壁龛那里走进茶室,直接坐在上座。

千佳子随后追来，郑重其事地介绍菊治。

"这位是三谷家，三谷先生的公子。"

菊治随之重新寒暄，抬脸一看，少女们就在眼前。

菊治好像有点儿紧张，满眼都是和服华丽的色彩，一时未能分清哪位是哪位。

分清以后，菊治发觉正和太田夫人面对面。

"噢！"声音分外坦率、亲切，满座的人都听见了，夫人继续道，"好久没有问候，真是久违了！"

同时，她轻轻拉了一下身旁少女的衣袖，仿佛催少女赶快寒暄。少女似乎不知所措，红着脸低头不语。

菊治非常意外。夫人的态度丝毫看不出敌意、恶意，而显得那般一见如故。对于和菊治的意外相遇，她似乎惊喜交集，就连自己在满座的客人中处于什么位置好像也已忘了。

少女依然静静地低眉垂首。

意识到时，夫人脸颊也染上了红晕，以似乎想要靠来菊治身边、欲言又止的眼神看着菊治。

"您也从事茶道？"

"不，我一窍不通。"

"是吗？不过，总有血缘关系。"

看样子夫人异常伤感，眼睛有些湿润。

自父亲的葬礼以来，菊治一直没见过太田夫人。

同四年前相比，她好像几乎没有变化。

无论白皙的脖颈，还是与之不相协调的浑圆的双肩，都依然如故。比起年龄来，体态要显得年轻。大眼睛，小嘴。细看之下，小鼻子仿佛带有笑意，形状恰到好处。说话时，下唇每每上翘。

少女像她母亲，同是长脖颈、圆肩。嘴比母亲大，闭得紧紧的。母亲的嘴唇比女儿小这点，总好像有些奇怪。

同母亲相比，女儿那对水汪汪的黑眼睛更给人以悲伤的感觉。

千佳子看了一眼炉里的炭火，问道：

"稻村小姐，怎么样？敬三谷君一杯可好？你还没点茶吧？"

"好的。"

千鹤包袱的少女欠身离开。

菊治得知这位少女就坐在太田夫人旁边。

但是，在看过太田夫人和太田小姐之后，菊治已避免把目光投向稻村小姐了。

千佳子大概是想让稻村小姐点茶，来让菊治看个清楚。

少女从茶锅前回头看千佳子。

"茶碗呢？"

"是啊，织部①合适吧？"千佳子说，"三谷君的令尊大人爱用这个茶碗，是他赏给我的。"

对放在少女面前的茶碗，菊治也有印象。父亲肯定用过，但这是太田夫人转让给父亲的。

亡夫喜爱的遗物由菊治的父亲转到千佳子手里，又如此

---

①织部：指织部茶碗，出自日本名窑美浓窑，色彩丰富艳丽。

出现在这茶会席间——太田夫人看了会是怎样的心情呢?

菊治对千佳子的迟钝感到吃惊。

说到迟钝,很难不认为太田夫人相当迟钝。

较之中年妇女不堪回首的过去,少女冰清玉洁的点茶动作让菊治觉得格外美丽。

◆◆◆◆

对方大概不知道千佳子让菊治看千鹤包袱的小姐的用心。

少女大大方方点茶,亲自端到菊治面前。

菊治喝完茶,看了看茶碗。这是黑织部茶碗,正面白釉那里到底用黑彩画着嫩蕨。

"有印象吧?"千佳子从对面问。

"啊。"菊治不置可否,放下茶碗。

"那蕨菜的嫩芽,很有山乡意味。这茶碗适合早春时节使用,令尊也用来着。现在拿出来,多少有些过时了,不过用来给您敬茶倒正合适。"

"噢,对这茶碗来说,家父拥有过一段时间并不是问题。毕竟是从利休①所处的桃山时代传下来的茶碗,对吧?几百年

---

①利休:千利休(1522—1591),桃山时代的茶人,千家流茶道的创立者。

的时间里不知经过多少茶人之手，家父不值一提。"菊治说道，很想忘却这茶碗的因缘。

由太田到太田遗孀，由太田遗孀到父亲，由父亲到千佳子，太田和菊治的父亲这两个男人死了，两个女人在这里——仅仅这一段插曲就足以证明这茶碗的奇特命运了。

而且，这个茶碗又在这里由太田遗孀及其女儿、千佳子、稻村小姐和其他小姐们或沾唇，或手摸。

"我也用那茶碗来一碗，刚才用其他茶碗来着。"太田夫人不无唐突地说。

菊治再次吃了一惊，不知她是傻气还是不知羞。

在菊治看来，静静低头坐着的太田小姐显得很可怜，令人目不忍视。

稻村小姐再次点茶，为太田夫人点茶。大概并不知晓这黑织部茶碗的来历，这位小姐在众人的目光下按所习流程操作着。

她的动作中规中矩，落落大方，从姿势端正的胸部到膝部，都不难看出其品位。

嫩绿的叶影投在少女身后的纸拉门上，色彩艳丽的和服肩部和衣袖似乎反射着柔和的光。秀发也好像熠熠生辉。

作为茶室，这屋子当然过于明亮了，但衬托出少女的青春风采，就连特别适合少女用的红色茶巾也让人觉得清新脱俗，并无浅薄之感。少女的手宛如盛开的红花。

菊治恍惚间觉得少女的四周有无数只白色的小仙鹤在翩翩起舞。

太田遗孀把织部茶碗托在手心。

"黑碗配绿茶,很有春绿初萌的感觉啊!"

她到底没有说出此乃亡夫的遗物。

往下照例是欣赏茶具。少女们不熟悉茶具,大体只是听千佳子介绍。

水罐和茶勺也都是菊治父亲的东西,但无论千佳子还是菊治都没挑明。

菊治正坐着目送少女们起身回去,太田夫人凑上前来。

"刚才真是失礼了。知道您怕要生气的,可一见到您,只顾觉得亲切……"

"啊。"

"长得一表人才啊!"夫人眼里好像闪着泪花,"是的、是的,令堂大人也……本想参加葬礼来着,但终究没去。"

菊治露出不快的神色。

"令尊令堂相继……够您寂寞的了。"

"啊。"

"还不回去吗?"

"啊,一会儿……"

"想找个时间请您听我说一些事情……"

千佳子从隔壁招呼:

"菊治!"

太田夫人遗憾地立起。少女在院子里等她。

少女和母亲一起向菊治低头致意,回去了。少女的眼神仿佛要诉说什么。

隔壁房间里，千佳子正在同两三个关系密切的弟子和女佣收拾茶具。

"太田太太说什么来着？"

"没说什么……没说什么的。"

"对那个人要当心。装出一副老实样子，总好像自己无辜似的，至于想的什么，可就难琢磨了。"

"可她不是常来参加你的茶会吗？什么时候开始的？"菊治不无挖苦地问。

他像逃离这里的毒气似的走到门外。

千佳子跟出来问：

"怎么样？好姑娘吧？"

"姑娘是好姑娘。可是，还是在没有你和太田太太，没有家父亡灵出没的地方见面更好吧？"

"对这个就那么介意？太田太太和那位姑娘什么关系也没有的哟！"

"我只是觉得对那姑娘不好。"

"为什么不好？要是您不高兴太田太太来，那么我道歉。今天也不是请她来的。稻村家的小姐，您还是分开考虑。"

"不过，今天这就告辞了。"

如果边说边走，看样子千佳子很难离开，于是菊治停住脚步。

剩得菊治一人，他做了个深呼吸。山脚的杜鹃花在眼前含苞待放。

他对被千佳子的一封信叫来的自己感到厌恶,但千鹤包袱的少女给他留下了鲜明的印象。

在同一个茶会上看见父亲的两个女人,之所以没让他多么耿耿于怀,想必也是因为那个少女的关系。

但另一方面,想到两个女人好端端地活着谈论父亲,而母亲则已不在人世,菊治不由得涌起一股怒火。千佳子胸部那块难看的痣浮上眼前。

晚风掠过嫩叶吹来,菊治摘掉帽子,慢慢走着。

他远远看见山门背后站着太田夫人。

菊治当即四下环视,想找路避开。如果爬上左右的小山,应该能够不从山门那里经过。

但菊治往山门那边走去,脸颊好像多少有些绷紧。

太田夫人发现菊治,主动走上前来,她双颊微微发红。

"想再见您一次,在这儿等着呢。或许您觉得我这人没皮没脸,可就这样分别,我无论如何也……再说分别后又不知什么时候能再见到。"

"小姐呢?"

"文子先回去了,和同伴一起。"

"那么,小姐是知道妈妈在等我的了?"菊治问。

"啊。"夫人应了一声,注视菊治。

"那一来,小姐要不高兴的吧?刚才在茶会上,她好像也不太愿意见我,让人很不忍心。"

菊治说得既好像露骨，又似乎委婉。但夫人直言相告：

"那孩子见您肯定很难受的。"

"因为我父亲让她受了不少苦。"

菊治本意是说自己因为太田夫人吃了苦头。

"那不是的。文子没少得到令尊的疼爱，这些我也另找时间慢慢讲给您听吧。那孩子么，一开始尽管令尊好好待她，可她根本不亲近，不料战争快结束的时候，空袭厉害起来以后，她不知感觉到了什么，态度完全改变。对令尊，那孩子也算是尽了自己一份力。说是尽力，毕竟是女儿家，不过是跑出去为令尊买鸡、买鱼什么的。可那也是相当危险的，拼死拼活，还在空袭过程中从远处背回大米来着……由于她态度忽然变好，令尊也吃了一惊。我看见女儿的变化，也疼爱得心里一阵难过，更加觉得像自己受到责怪似的，很不是滋味。"

菊治这才想起，原来母亲和自己都得到过小姐的恩惠。当时父亲偶尔意外带回家的礼物，可能就是太田小姐出去买的。

"至于女儿为什么一下子变了，我也不大明白，或许因为想到每天不知什么时候就会没命的缘故吧。她肯定觉得我够可怜的，对令尊也不要命似的尽心尽力。"

想必少女在战败当中清楚地看到了母亲拼命抓住同菊治父亲之间的爱情不放的形象。由于现实生活日益酷烈，因此少女告别了生身亡父这一过去，而看到了母亲的现实处境。

"刚才可注意到了文子的戒指？"

"没有。"

"令尊给的。令尊即便在我家,警报一响也要回自己家的吧?结果每次文子都要出门送,劝也不听,说路上一个人说不定出什么事。有时出门送后不回来,要是在您家留宿还好,可万一两人死在路上怎么办?早上回来一问,她说送到您家门口后,回来路上在哪里的防空洞过了一夜。下次令尊来时,说要谢谢文子,就把那戒指给了她。对那孩子来说,被您看见那戒指也怕是不好意思的。"

听着听着,菊治有了一种厌恶感。对方以为自己理应同情的态度也让他莫名其妙。

不过,菊治并未产生明显憎恶或警惕夫人那样的心情。夫人身上有一种温暖的东西使得他放松下来。

少女之所以那般尽心尽力,有可能是因为不忍心看母亲那样。

菊治觉得,夫人大概是通过说女儿而实际说自己的爱情。

夫人也许想把满肚子的话倾诉一空,但对于倾诉的对象,极端说来,她就好像还没认清菊治的父亲和菊治本人的区别。她说得那么动情,对菊治说话简直就像对菊治的父亲说话一样。

就算以前自己和母亲对太田夫人怀有的敌意没有完全消失,也已经不那么剑拔弩张了。稍不留神,菊治甚至觉得被这女人爱过的父亲还留在自己身上,他陷入和这女人早已要好的错觉之中。

父亲同千佳子很快就分手了,而同这个女人的关系一直持续到他去世——这点菊治是知道的，但他觉得千佳子肯定是不把太田夫人放在眼里的。菊治也多少起了残忍之念，同时也感觉出一种诱惑：自己看样子能把夫人随意捉弄一番。

"你常去参加栗本的茶会吗？过去不是被她欺负得好苦？"菊治说。

"啊，令尊去世之后，她给我来过信，那正是我思念令尊感到寂寞的时候。"

夫人低下头去。

"小姐也一起去？"

"文子怕是老大不情愿地跟我去的。"

他们过了铁道，走过北镰仓火车站，朝着同圆觉寺相反的山那边走去。

◆ ◆ ◆ ◆

太田夫人至少应在四十五岁左右，差不多比菊治大二十岁，却让菊治感觉不出年长。菊治好像抱着一个比自己岁数小的女人。

菊治肯定享受了夫人以其经验带来的那种快乐，却又全然感觉不出愣头青、单身汉的自卑。

菊治觉得自己好像第一次知晓女人的滋味，同时第一次知晓自己是个男人,为自身的男性自觉感到吃惊。在这以前他从不知晓女人的被动是这么柔顺,这么欲擒故纵,这么令人荡神销魂。

身为单身汉,菊治事后往往产生一种厌恶感,但在最应厌恶的此刻,感觉到的仅仅是沉醉和释然。

以往这种时候,菊治恨不得马上抽身离去,如此在对方温情脉脉的偎依中怔怔发呆也是头一遭。他不知道女人的热浪会如此尾随而来。委身其间,菊治甚至感到一种仿佛打盹时让奴隶洗脚那样的满足。

而且对方有母亲般的感觉。菊治缩起脖子问:

"栗本有块大痣,知道吧?"

菊治本身也意识到了自己脱口而出的话令人不快,或许是脑袋放松的缘故,他并不觉得对千佳子有多么不好。

"长在乳房上,在这个地方,这么……"菊治伸出手。

菊治心中生出一种欲望,不能不这么说话。那似乎是一种既想反抗自己又想伤害对方的痒痒的心情,或者是为了掩饰想窥看那个部位的自我陶醉般的羞赧也未可知。

"瞧你,怪吓人的。"夫人轻轻合起衣襟,却又好像当即明白过来,转而换上轻松的语气,"这话我可是第一次听说。不过,在衣服下面不是看不见的吗?"

"也不至于看不见。"

"哦,什么意思?"

"喏,在这里不就看见了?"

"哎呀，讨厌！莫不是你以为我也有痣，也找来着？"

"那倒不是。不过，如果有，现在这种时候心情会是怎样的呢？"

"是在这里？"夫人也看了看自己的胸部，讪讪地说，"为什么说起那个？那不是怎么都无所谓的吗？"

看来，菊治吹的一口毒气对夫人丝毫不起作用。而菊治自己倒好像走火入魔了。

"并不是怎么都无所谓。虽然我八九岁时只看过一次那块痣，可直到现在都浮现在眼前。"

"那是为什么？"

"你也被那块痣害得不浅嘛！栗本不是摆出一副母亲和我的代理人的架势去你家大吵大闹过吗？"

夫人点头，轻轻抽身。菊治用力搂过。

"我想，即使那时她也时刻不忘自己胸部的痣，更加不怀好意来着。"

"咳，说得这么可怕。"

"报复父亲的动机可能多少也是有的。"

"报复什么？"

"由于那块痣而始终低声下气，结果还是因此被甩了——那种妒恨会有的吧？"

"痣就别再说了，弄得心情越来越糟。"

然而，看样子夫人并不想对那块痣完全置之不理。

"如今栗本女士恐怕也不再顾虑什么痣不痣的了吧？是已

经过去了的烦恼。"

"烦恼过去了就不留痕迹的吗?"

"过去了,让人怀念的时候也是有的。"夫人仍有些如在梦中似的说道。

菊治说出无论如何也不想说的话:

"刚才茶会上坐在你旁边的那位小姐……"

"呃,雪子。稻村女士的女儿吧?"

"栗本把我找来,是想让我见那位小姐。"

"哦!"夫人睁大眼睛,目不转睛地看着菊治,"相亲?完全蒙在鼓里。"

"不是相亲。"

"是吗?原来是相亲回来。"泪水从夫人的眼睛到枕头淌成一条线,她双肩颤抖,"不好,不好啊!为什么不早说?"

夫人伏脸哭泣。

菊治反倒意外起来。

"相亲回来也罢,什么也罢,不好就是不好的嘛!那个和这个没有关系。"菊治说。他完全是这么想的。

不过,稻村小姐点茶的身影还是在菊治眼前浮现出来,那带千鹤图案的桃红色包袱也闪入眼帘。

这样一来,哭泣的夫人肢体就让人觉得丑陋了。

"啊,不好、不好,我是多么罪孽深重、无可救药的女人啊!"

夫人颤抖着圆润的双肩。

对菊治来说,倘若后悔,也肯定觉得自己猥琐不堪。就算相亲另当别论,但她毕竟是父亲的女人。

但菊治直到这时也没后悔,更没觉得猥琐。

就连何以同夫人走到这一步也不清不楚。事情便是这么自然而然。据夫人刚才的说法,或许她是为自己诱惑菊治而后悔,不过夫人恐怕并没有诱惑的打算,何况菊治也没有被诱惑的记忆。即使在心情上,菊治也顺其自然,夫人仿佛也水到渠成。可以说,不存在任何道德阴影。

走进圆觉寺对面山上一家旅馆,两人吃了晚饭。这是因为夫人谈菊治的父亲谈个没完,菊治不能不听,而老老实实听应该是有些滑稽的。但夫人似乎没有想到这一层,只顾动情地诉说不止。听的过程之中,菊治从中觉出恬适的好意,仿佛沉浸在柔情蜜意之中。

菊治甚至感觉父亲是幸福的。

说不应该恐怕也不应该。总之他失去了打断夫人诉说的机会,任凭自己委身于甘美的温情之中。

但另一方面,他心中还是潜伏着阴影。或许由于这个原因,菊治才恶作剧地说出千佳子和稻村小姐的事来。

作用太大了,后悔即会觉得猥琐。菊治涌起一股无可遏止的自我厌恶之感,险些又对夫人说出伤人的话来。

"忘掉吧,没有什么的。"夫人说,"这种事,是没有什么的啊!"

"你只是想起了我父亲吧?"

"哦!"

夫人惊讶地抬起脸。她是趴在枕头上哭的,眼睑红了,白眼珠似乎有些浑浊,睁开的眸子仍带有女人的倦怠。这些菊治都看在眼里。

"被你那么说也有口难辩。我是个不幸的女人啊!"

"说谎!"菊治粗暴地扯开她的前胸,"要是有痣什么的,那怕是忘不掉的,留个印象……"

菊治为自己的话语吃了一惊。

"别,别那么看,我已经不年轻了!"

菊治龇牙贴上前来。

夫人刚才的热浪卷土重来。

菊治放心地睡了。

似醒非醒的时间里,传来小鸟的叫声。在鸟鸣声中睁开眼睛,菊治觉得这还是第一次。

清晨的雾霭仿佛淋湿了翠绿的树林,菊治的脑袋里面也好像被彻底洗了一遍。

夫人背对菊治睡着。她什么时候恢复情绪的呢?菊治感到有些奇怪,支起一只臂肘仔细端详黎明的天光中夫人的面庞。

◆ ◆ ◆ ◆

茶会后大约过了半个月,菊治接受了太田小姐的来访。

请她进客厅后，菊治为了让骚动的心情平静下来，亲自打开餐柜，把点心放在盘子里。判断不出是小姐一个人来的，还是夫人因为不便登门而在外面等着。

菊治拉开客厅门，小姐马上从椅子上起身。低垂的脸庞上，紧紧闭着的约略上翘的下嘴唇闪入菊治的眼睛。

"劳您久等了！"

菊治走到小姐身后，打开临院的玻璃门。

走过小姐身后时，花瓶里的白牡丹隐约发出香气。小姐浑圆的肩部略微前倾。

"请。"

说着，菊治自己先在椅子上坐下，心情已经奇异地平静下来，大概是因为从少女脸上看见母亲面影的缘故。

"贸然来访，我知道是很失礼的。"

小姐依然低着头。

"哪里。一下子就找到了？"

"啊。"

菊治想起来了，空袭时少女曾把父亲送到家门口。这是在圆觉寺从夫人口中听得的。

菊治很想实话实说，但忍住了，目视少女。

这样一来，当时太田夫人的温存如热水一般涌上菊治胸间。记忆随之复苏：夫人温柔地原谅了一切，自己因之得以心怀释然。

由于那时候的释然，菊治对少女的戒心也好像放松下来，但还不能迎面对视。

"我,"少女停顿一下,抬起脸,"是为母亲的事前来相求的。"

菊治屏住呼吸。

"想求您原谅我母亲。"

"哦?原谅?"菊治反问,觉察出夫人有可能把自己的事也透露给少女了,"请求原谅的该是我吧?"

"关于令尊大人,也想求您原谅。"

"家父的事也是一样,如果请求原谅,应是家父请求吧?家母如今也不在了,就算原谅,可谁来原谅呢?"

"令尊大人去世那么早,我想大概也和我母亲有关。况且令堂大人也……这点对我母亲也说了。"

"那是你想过头了。你母亲也够可怜的。"

"要是我母亲先去世就好了。"

看上去,少女好像羞得不得了。

菊治觉得少女是在说同自己有关的事,那件事不知使少女受了多大屈辱。

"求您一定原谅我的母亲!"少女再次恳切相求。

"原谅也好,不原谅也好,我都感谢你的母亲。"菊治直言快语。

"我母亲不好,那个人不行的,求您别理会她,不要介意。"少女快速说道,语声发颤,"求您了!"

菊治明白少女口中"原谅"的含义了,那里面也包含

"别搭理"的意思。

"电话也请别打……"

说着,少女脸红了,像是要克服羞耻似的,反而抬头看着菊治,热泪盈眶。大大睁开的水汪汪的黑眼睛丝毫没有恶意,有的似乎只是苦苦哀求。

"明白了。对不起。"菊治说。

"求您了。"

少女羞赧的神色更加浓了,就连修长的白皙脖颈也染红了。也许为了使得修长的脖颈更加动人,西装的领口镶了白色花边。

"电话中讲好了,而母亲没有去,是我拦住的。母亲无论如何都要出门,我紧紧抱住她不放。"少女多少放松下来,缓和了一下语气说。

菊治打电话找太田夫人,是在那之后的第三天。夫人声音那么兴奋,却没出现在约定的茶馆。

只是打了那一次电话,菊治再没同太田夫人相见。

"后来觉得母亲怪可怜的,但当时我心里窝囊得不行,不顾一切地拦了下来。母亲说'那好,文子,你去谢绝吧'。我就走到电话那里,但我也出不来声。母亲一动不动地盯着电话机,眼泪一滴接一滴掉了下来。母亲觉得您好像就在电话机那儿。母亲就是那样的人。"

两人沉默了好一会儿。之后菊治开口道:

"上次茶会后你母亲等我的时候,你为什么先回去了呢?"

"因为想让您了解母亲并不是那么坏。"

"太不坏了啊!"

少女低头俯视,可以看见形状娇好的鼻子下面那约略上翘的下唇。线条柔和的圆脸像她母亲。

"过去我就知道你母亲有个千金,一直幻想和那位千金谈谈我父亲的事。"

少女点头。

"我也那么想过。"

菊治思忖,假如自己同太田夫人之间什么事也没有,能够和少女就父亲的事畅所欲言,那该多么好啊!

然而,自己之所以能够真心原谅太田夫人,原谅她和父亲之间的关系,却是因为自己同太田夫人之间并非什么事也没有。事情也真是奇怪。

少女大概觉察出坐久了,慌忙起身。

菊治送出门外。

"什么时候能和你谈谈你母亲美好的人品,同时谈谈我父亲就好了……"

菊治认为自己的说法有些一厢情愿,但的确有这样的念头。

"嗯。不过,您很快就结婚了吧?"

"我?"

"嗯。母亲那么说来着,说和稻村雪子相亲……"

"不是那样的!"

出门就是上坡,中间稍微拐了个弯。从那里回头看,只能看见菊治家院子里的树梢。

　　从少女的话中,菊治蓦然记起千鹤少女的形象。这时,文子在此站住告别。

　　菊治走上同少女相反的坡路。

林间夕阳

千佳子给公司里的菊治打来电话。

"今天直接回家?"

应该回家,但菊治现出不快的表情。

"是啊……"

"今天请回家来,为您父亲。是令尊往年的茶会日子吧?一想起这个,我就再也坐不住了。"

菊治沉默不语。

"茶室,喂,我正在打扫茶室。这时候,忽然想做顿饭菜。"

"你在哪里?"

"府上,到您家来了。对不起,事先没打招呼。"

菊治一惊。

"一想起来，我就再也坐不住了，心想或许打扫茶室能让心情平复下来。本应事先打电话的，但那肯定被您拒绝。"

父亲死后，茶室就没有用了。

母亲活着的时候，好像仍然时不时一个人进去坐坐，但只是提一壶热水进去，不给炉子生火。菊治不喜欢母亲进茶室，放心不下，不知母亲在那里静悄悄思考什么。

菊治很想窥看独自待在茶室里的母亲，但终归没看。

在父亲生前，打理茶室的是千佳子，母亲极少去茶室。

母亲死后，茶室一直关着，只是让父亲在时就在自己家的老女佣每年通几次风。

"什么时候不再打扫的？榻榻米怎么擦也还是一股霉味儿，无可救药了！"千佳子的语声开始带有放肆的意味，"打扫的时候，忽然想做顿饭菜。心血来潮，材料不够齐全，凑合做了一顿，所以想请您直接回家来。"

"嗬，突如其来。"

"您一个人够寂寞的，领来三四个公司的朋友怎么样？"

"不成，没什么人懂茶道。"

"不懂更好，反正准备不周。随便请来好了。"

"那不成的。"菊治斩钉截铁。

"是吗？怪让人失望的。怎么办好呢？对了，令尊哪位茶友……怕又不好叫人家出来。这样吧，把稻村家的小姐找来可好？"

"开玩笑,快算了吧!"

"为什么?蛮好的嘛!那件事,对方挺动心的。再仔细看一次,好好聊聊可好?今天就问一下试试。要是小姐肯来,就是说小姐那边没问题了。"

"不行,那不行的。"菊治一阵胸闷,"算了,我不回去。"

"啊,也罢,这种话,电话里不方便说,以后再说吧。反正就是这么回事,请快些回来。"

"这么回事是怎么回事?与我无关。"

"好了好了,只是我一厢情愿。"

话虽这么说,但千佳子强加于人的异味还是传了过来。

半个乳房上的那块痣随之闪出。

这么着,菊治仿佛听见千佳子清扫茶室的扫帚声,那声音就好像用扫帚打扫自己的脑海或用擦檐廊的抹布在自己的脑袋里面擦来擦去一样。

这种厌恶感固然是首要原因,但千佳子在人家不在家的时候擅自跑去切菜、做饭也够莫名其妙的了。

如果是出于祭奠父亲而清扫茶室,插完花什么的就回去,倒还情有可原。

不过,在菊治一阵强似一阵的厌恶感当中,稻村小姐的姿影如一缕光线闪现出来。

父亲死后,自己自然同千佳子疏远开来。莫非她想以稻村小姐为诱饵和自己再续前缘,来个死缠硬磨?

从千佳子的电话里,菊治照例可以听出其滑稽的性格和令人苦笑着放松警惕的调子,但同时也带有强加于人甚至强人所难的意味。

菊治认为,之所以觉得她强人所难,是因为自己有心虚之处。正因如此,自己才无法对千佳子一意孤行的电话发脾气。

难道千佳子乘虚而入,自以为得计不成?

从公司下班后,菊治来到银座,走进窄小的酒吧。

他不能不按千佳子的吩咐回家,但因为自己有心虚之处,所以愈发觉得苦闷不堪。

圆觉寺茶会后回家的路上,菊治意外同太田夫人在北镰仓一家旅馆住了一夜——千佳子不至于知情。尽管如此,莫非那之后她还是见了太田夫人?

菊治怀疑,电话中千佳子那强加于人的调门恐怕不仅仅是由于脸皮厚的关系。

而另一方面,她仅仅想以其特有的方式推进自己同稻村小姐的关系也是有可能的。

菊治在酒吧里也无法让自己镇静下来,只好坐电车[①]回家。

车过省线[②]有乐町驶往东京站的时间里,菊治从车窗往下看着。

那条大街同省线大体成直角,东西走向,此刻正反射着夕晖,如金属板一样炫目耀眼。但看到的街树是其承受夕晖的背面,绿色显得黑沉沉的,树荫给人以清凉感。树枝向四

----

①电车:电气列车。
②省线:现在的JR线。当时属"铁道省",故称。

下舒展，阔叶一片葱茏。大街两侧是风格凝重的西式建筑。

奇怪的是街上几乎没有行人，一直到皇居护城河那里都静悄悄、空荡荡的，就连闪闪发光的轨道也很静。

从拥挤不堪的电车中俯视，感觉唯独这条大街浮现在傍晚奇妙的时间里，气氛颇有些像外国。

菊治仿佛看见稻村小姐抱着带有白色千鹤图案的桃红色绉绸包袱在那树荫下行走。千鹤包袱似乎历历在目。

菊治产生一种新鲜的心情。

胸口怦怦直跳，就好像快到少女家了。

话虽这么说，但千佳子在电话中让自己领朋友回去，自己拒绝后，她就说找稻村小姐——那是出于什么打算呢？一开始就打算找的吗？菊治还是想不明白。

回到家，千佳子赶紧向门口走来。

"一个人？"

菊治点头。

"还是一个人好。她已经来了。"说着，千佳子上前做出接菊治的帽子和公文包的动作，"顺路到哪里去了吧？"

菊治以为自己脸上带有酒气。

"去哪里了？后来往公司打电话，说您已经走了。计算您回到家的时间来着。"

"让人意外啊。"

擅自跑到家里来，擅自做这做那的，而她对此却只字不提。

千佳子跟来起居室，似乎想给菊治穿上女佣拿出的衣服。

"可以了。这就换衣服，恕我失礼。"

菊治以脱上衣的姿势甩开千佳子，走进储藏室。

在储藏室换好衣服出来。

千佳子仍端然正坐。

"一人单过，不简单啊！"

"啊。"

"这不方便的生活，差不多该结束才是。"

"看我老子那个样子，怕了。"

千佳子看了菊治一眼。

她借穿女佣的做饭罩衣——本来这个也是母亲的，卷起袖口。

从手腕往上，白得不相协调，脂肪也厚，臂肘弯有很深的纹路，像被绳子勒住似的。菊治一下子有些意外：好像一块又硬又厚的肉。

"还是茶室合适吧？倒是请她进客厅里了……"千佳子换上郑重些的语气。

"这……茶室灯还亮吗？从没看见开过电灯。"

"如果可以，蜡烛反倒好些。"

"我不喜欢。"

千佳子忽然想起似的说：

"对了，刚才给稻村家打电话，小姐问'是和妈妈一起去吗？'，我说'一起来就更好了'。但她妈妈有事，就请小姐一个人来了。"

"'就请?',是你擅自请的吧。风风火火叫人家马上过来,人家不认为失礼?"

"这我知道。反正小姐已经来了,既然来了,我的失礼就像是自动烟消云散了?"

"此话怎讲?"

"这还用说,今天既然来了,那就是说小姐对这门亲事也是有些意思的。路子多少离谱一些也无所谓的。事成之后,任凭你俩笑我栗本这人做事不靠谱好了。依我的经验,能成的事怎么样都是要成的。"

千佳子甚是自信,那说法就好像早已看透了菊治的心思。

"跟对方说过了?"

"嗯,说过了。"

言下之意,好像让菊治做事痛快些。

菊治起身,沿走廊往客厅那边走去。他想在有棵大石榴树的那里尽量改变自己的脸色,因为不可以让稻村小姐看出自己的不快。

往幽静的石榴树荫下一看,千佳子的痣再次浮上脑海,菊治摇了摇头。客厅前面的院石上仍留有些许夕晖。

拉门大敞四开,少女靠近门口坐着。

少女的光彩似乎往宽大客厅昏暗的深处投了一缕光照。

壁龛的浅水盘里插着菖蒲花。

少女扎的和服衣带上也是水菖蒲图案。也许是偶然,也许不是偶然,毕竟是常规的时令衣着。

壁龛的插花不是水菖蒲而是菖蒲,无论叶片还是花朵都留得很高,感觉是千佳子刚刚插好的。

◆◆◆◆

第二天是星期日,下雨。

下午,菊治一个人走进茶室,准备收拾昨天用的茶具。

他也想闻一闻稻村小姐的余香。

他让女佣撑伞,刚要从客厅跳至院里的飞石上,发现房檐导水管坏了,雨水"哗哗"落在石榴树跟前。

"那里得修一修啊。"菊治对女佣说。

"是的,是的。"

菊治想起来了,以前下雨的夜里,躺下之后也觉得那水声不对头来着。

"可是修起来,这个那个得修个没完啊!还是趁不太糟的时候卖掉好。"

"住大宅院子的人,近来都那么说。昨天小姐也说大,吃了一惊。小姐大概是打算来这家里的。"

女佣好像在劝他别卖。

"栗本师傅可那么说来着?"

"呃,小姐来了以后,那位师傅好像领着她在房子里到处参观。"

"哦,莫名其妙!"

昨天,少女没对自己那么说。

本以为少女只是从客厅去了茶室,所以今天自己也不由得想从客厅到茶室去。

菊治昨晚没有睡着。

他总觉得茶室里有少女的香气,很想半夜爬起来到茶室去。

"永远的彼岸人"——他这样设想稻村小姐,努力让自己入睡。

菊治完全没有想到千佳子拉着少女在宅院里转了一遍。

菊治让女佣把炭火拿到茶室,然后沿飞石走去。

昨晚,千佳子要返回北镰仓,便和稻村小姐一起走了。茶室是由女佣收拾的。

自己只要把摆在茶室角落里的茶具收起来就行了,却又弄不清原来放的位置。

"栗本清楚不成?"

菊治自言自语地看着壁龛里挂的歌仙画①。

这是法桥宗达②的一幅小作,淡墨线条,施以淡彩。

---

①歌仙画:平安朝时期藤原公任遴选柿本人麿等三十六位杰出歌人(诗人,时称"三十六歌仙"),用每位歌仙的肖像画配其代表歌作一首。此处仅指肖像画。
②法桥宗达:俵屋宗达(生卒年不详),江户初期画家。

"是哪位呢?"

昨天稻村小姐问菊治,菊治答不上来。

"这……哪一位呢?没配诗歌,我不晓得。这类画上的歌人,样子都差不多吧。"

"是宗于①吧?"千佳子插嘴说,"和歌说,常磐青松绿,春来色更鲜。就季节来说有点晚了,但令尊喜欢,春季时常挂出。"

"是宗于还是贯之②,看画是看不出来的。"菊治再次说道。

今天看也全然看不出是谁,一张脸方方正正。

不过,由于画小,线条少,因此形象显得高大。菊治如此看了一会儿,一种清新的气息隐约可闻。

无论这歌仙画,还是昨天客厅里的菖蒲花,都让菊治想到稻村小姐。

"烧洗澡水来着,来晚了。我想还是等水多开一会儿提来好。"

女佣拿来炭火和茶锅。

其实菊治只是想要火——因为茶室有潮气,没打算放锅烧水。

想必由于菊治要火,女佣灵机一动,连水也准备好了。

菊治随手添炭,把锅放了上去。

---

① 宗于:源宗于(?—939?),三十六歌仙之一。
② 贯之:纪贯之(871?—946),三十六歌仙之一。

由于父亲用茶道招待客人的关系，菊治从小就熟悉茶，但自己没有兴趣点茶，父亲也没勉强他学。

水很快开了。他错开一点锅盖，怅怅坐着。

多少有一股霉味儿，估计榻榻米也潮了。

色调素雅的墙壁昨天反而衬托出稻村小姐的美丽，但今天一片幽暗。

感觉就像住洋楼的人身穿和服来访，于是菊治昨天对少女说：

"栗本突然这么把你请来，怕是添麻烦了吧？茶室也是她自作主张。"

"听那位师傅说，是令尊开茶会的日子。"

"听说是的。那种事，我早已忘了，想也没想。"

"这样的日子把我这种外行人叫来，栗本师傅莫不是寻我开心？近来练习也没有练习。"

"栗本也是今天早上才想起来的，突然来清扫茶室。所以有一股霉味儿，是吧？"菊治略一迟疑，"不过，既然大家认识了，那么不通过栗本介绍就好了。我觉得对不起你。"

少女神色诧异地注视菊治。

"那为什么？如果没有师傅，就没人引见了呀！"

抗议简单之至，但千真万确。

的确，如果没有千佳子，两人在这世上怕是不可能相见的。

菊治觉得像是被闪闪发光的鞭子迎面打了一鞭。

而且，少女的说法听起来像是已经答应这门婚事了。菊治有这个感觉。

菊治之所以觉得少女诧异的目光仿佛光鞭，也是因为这点。

可是，菊治对栗本千佳子直呼其姓，少女听来会怎么想呢？果真知道她是菊治父亲的女人——尽管时间很短——不成？

"因为我对栗本有不快的记忆。"菊治声音发颤，"我不愿意被那个女人左右自己的命运，不愿意相信你是她介绍的。"

这时，千佳子把自己的食盘也端来了。谈话中断。

"请允许我也陪一下。"

坐下后，千佳子像为了平复劳作的喘息似的让胸部略微前倾，打量少女的神色。

"客人只您一位，像是有些寂寞。不过令尊想必也会高兴的。"

少女乖顺地伏下眼睑。

"我……没有资格进令尊大人的茶室的。"

千佳子没有理会，讲起菊治的父亲生前是怎样使用这茶室的，想起什么讲什么。

看样子，千佳子已经认定这门婚事就此告成。

临走时在门口说道：

"菊治君也去稻村小姐府上拜访一次……下次商定日期。"

少女点头，似乎想说什么，但没有出声，全身上下蓦然漾出本能的羞涩。

菊治为之感到意外，感觉似乎少女的体温传导过来。

但是，菊治总觉得自己被包拢在丑陋黑暗的幕布里。

那幕布至今仍未取下。

不仅介绍稻村小姐的千佳子不洁净，而且自己本身也不洁净。

他一时想入非非，想到父亲以脏兮兮的牙齿咬住千佳子胸部的痣的情景，而那样的父亲形象正和自己重合在一起。

少女并不忌讳千佳子，但菊治耿耿于怀。他之所以心地阴暗、优柔寡断，原因固然不全在这里，但应该与此有关。

菊治一方面表现出厌恶千佳子，另一方面让人觉得自己同稻村小姐的这门婚事受制于千佳子。千佳子便是容易被人如此利用的女人。

这点被小姐看穿以后，菊治觉得自己迎头挨了一棍，他为发现这样的自己而惊愕不已。

吃完饭，千佳子去准备茶时，菊治再次说道：

"假如栗本主导我们的命运，那么，对这命运的看法，你和我是有很大区别的。"

这么说也有一种辩解的意味。

父亲死后，菊治不喜欢母亲一个人进这茶室。

如今自己也认为，父亲、母亲和自己三人，每人单独在这茶室时都好像各有所思。

雨拍打着树叶。

这当中，雨打在伞上的声音越来越近，女佣在拉门外面说道：

"太田女士来了！"

"太田女士？小姐？"

"是太太。怎么说呢，样子好像病了，很憔悴……"

菊治马上起身，却又没有移动。

"请她到哪边？"

"这里可以。"

"好的。"

太田夫人进来了，伞也没打，大概放在门口了。

菊治以为她脸上淋了雨，原来是泪水。

因为是从眼睛里流出来的，泪水顺着脸颊涟涟而下，以致粗心的菊治一开始以为是雨水。

"哦，您怎么了？"

菊治叫着上前。

夫人坐在被雨淋湿的檐廊，双手支地。

看样子正朝菊治这边软绵绵瘫倒过来。

檐廊靠近门槛那里湿漉漉的。

眼泪扑簌簌流个不止，菊治险些把它当成雨滴。

夫人不从菊治身上移开视线，仿佛视线支撑着她不至于瘫倒。菊治也觉得移开视线很可能会出什么危险。

眼圈下陷，聚了很多细小的皱纹，下眼窝发黑，形成奇妙的病态双眼皮，但眼睛本身水汪汪、光闪闪的，像要拼命倾诉什么，有一种无可形容的温情。

"对不起,太想见你了,整天坐立不安。"夫人亲昵地说。

说话的样子也足够温情脉脉。

如果没有这温情,菊治简直不敢正眼看她:她太憔悴了!

菊治为夫人的痛楚刺痛了。虽然知道那痛楚是自己造成的,但在夫人温情的诱导下,竟产生一种自己的痛苦得到缓解的错觉。

"湿了,快起来!"

菊治一下子从后背用力搂住夫人的胸部,像拖似的把她拽了起来,动作多少有些残酷。

夫人想以自己的腿站起来。

"放开我,放开!轻吧?"

"是啊。"

"变轻了,近来瘦了。"

菊治有些吃惊,自己居然一下子把夫人抱了起来。

"小姐不是要担心的吗?"

"文子?"

听夫人这么称呼,菊治以为文子也跟来了。

"小姐也一起来了?"

"瞒着那孩子……"夫人几乎抽抽搭搭地说,"那孩子眼睛不离我。即使半夜,我要做什么她都马上睁开眼睛。因为我,她好像也有点儿不对头了,问我为什么只生她一个孩子,哪怕三谷家的孩子不也可以的吗——这种可怕的话都说出来了!"

说话的时间里,夫人端正地坐好。

菊治从夫人的话中感觉出了少女的悲伤。

那恐怕是见不得母亲悲伤的女儿的悲伤。

尽管这样,文子"哪怕三谷家的孩子"的说法也还是刺伤了菊治。

夫人仍定定注视菊治。

"今天也说不定追来找我。我是那孩子不在家时跑出来的,她大概以为雨天我不会出去。"

"雨天?"

"呃,估计她以为我身体衰弱得雨天出不了门了。"

菊治点头。

"前几天文子到这里来了吧?"

"来了,求我原谅她母亲。给小姐那么一说,我不知怎么回答才好。"

"那么清楚孩子的心情,可我为什么又来了呢?啊,可怕!"

"不过我是感谢你的。"

"难得啊。本来那样就该可以了……可后来我还是感到痛苦,对不起。"

"不是没有真正束缚你的东西吗?如果有,那么是我父亲的亡灵吗?"

但夫人听了并未动容。菊治有种一脚踩空的感觉。

"忘掉吧!"夫人说,"对栗本女士的电话,不知自己为什么那么大的火气,不好意思。"

"栗本打电话了?"

"嗯,今早。说你和稻村家的雪子小姐定亲了……不知为什么会告诉我。"

太田夫人眼睛又湿润了,忽然微微一笑。那不是破涕为笑,而是纯粹的微笑。

"事情并没有定。"菊治予以否认,"我的事,莫不是给栗本觉察出什么了?那以后没再见栗本?"

"没见。不过,那人厉害,没准知道的。今早的电话,她肯定也觉得蹊跷的。我没用的,好像差点儿瘫倒喊叫什么来着。即使在电话里也瞒不住对方,她说'太太,请不要干扰'。"

菊治皱起眉头,一时语塞。

"干扰?我怎么会……和雪子小姐的事,本来我只觉得自己不好,但从今早开始害怕起栗本女士,直打寒战,在家待不住了。"

夫人像魇住了一样双肩发抖,嘴唇扭向一边,好像被吊起似的,显出年龄的不堪。

菊治站起身,伸手按夫人的肩。

"怕,我好怕啊!"夫人四下环视,瑟瑟发抖,但马上没了力气,"是这里的茶室?"

菊治不知问的是什么意思,含糊应道:

"是的。"

"不错的茶室啊!"

夫人不知是想起了时不时被请来这里的死去的丈夫，还是想起了菊治的父亲。

"第一次？"菊治问。

"嗯。"

"看什么呢？"

"没……没看什么。"

"宗达的歌仙画。"

夫人点头，仍然无精打采。

"以前没有来过？"

"嗯，从未来过。"

"那怕是的。"

"不，来过一次，令尊的告别仪式……"夫人的声音小得听不清。

"水烧着呢，提提神，怎么样？我也喝点儿。"

"啊，可以的？"

夫人站起来，稍微打了个趔趄。

菊治从摆在角落处的箱子里拿出茶碗之类。虽然察觉出是稻村小姐用过的，但还是照样用了。

夫人拿起锅的盖子，手一抖，盖子碰在锅上，发出一连串轻微的磕碰声响。

她拿着水勺，上身一歪，泪水打湿了锅肩。

"这个锅也是由令尊买下的。"

"是吗？我不知道的。"菊治说。

即使夫人告知锅原来是其亡夫的，菊治也不会产生反感。莫如说，他为夫人的直言不讳感到奇怪。

点完茶，夫人说：

"不能端了。请。"

菊治来到茶锅旁边，在那里喝茶。

夫人像晕过去似的瘫倒在菊治腿上。

菊治搂过肩。夫人略微晃一下背，呼吸似乎越来越细了。

夫人的身体软软的，菊治觉得胳膊里好像抱着一个婴儿。

◆ ◆ ◆ ◆

"太太！"

菊治粗暴地摇晃夫人。

从喉咙那里到胸部肋骨，菊治像掐脖子似的双手抓住，他感觉到夫人的肋骨比以前突出了。

"太太，你能分出我的父亲和我吗？"

"残酷，不听这个！"

夫人依然闭目合眼。

看样子她好像不愿意立即从另一世界返回。

这么说，较之针对夫人，莫如说更是针对自己心底的不安。

菊治也乖乖跟去了另一世界，只能认为那是另一世界。在那里，父亲和自己的区别似乎已经消失。即使感到不安，那也是后来萌生的了。

夫人仿佛不是人间女子，而是人世之前或人世最后的女子。

菊治怀疑，夫人一旦去了另一世界，恐怕就感觉不出死去的丈夫、自己的父亲和自己的区别了。

"你怕一想起我父亲，就把我和父亲当成一个人了吧？"

"别再说了！啊，可怕，我是多么罪孽深重的女人啊！"

泪水从夫人的眼角流成线。

"啊，不想活了，死了吧。现在就能死掉，该有多么幸福啊！菊治，现在你不是在掐我脖子吗？为什么不用力掐？"

"开玩笑！不过，给你这么一说，真有点想用力了。"

"真的？求之不得。"夫人伸长本来就有些长的脖颈，"瘦了，好掐。"

"还有小姐，死不成的吧？"

"不，反正这样子下去也要累死的，是吧？文子的事，就拜托你了。"

"如果小姐像你这样……"

夫人猛然睁开眼睛。

菊治为自己的话吓了一跳，完全出乎意料。

夫人会怎么理解呢？

"喏，脉这么乱……已经活不长了。"说着，夫人拿起菊治的手，贴在乳房下面。

或许那是菊治的话引起的惊悸。

"菊治你多大？"

菊治未答。

"不到三十吧？不好啊，我这人，可悲！自己都莫名其妙！"

夫人单手支地，半坐半立，蜷着腿。

菊治坐着。

"我么，可不是来玷污你和雪子小姐的婚事的。不过，都结束了。"

"婚事并没有定。听你那么说，我觉得自己的过去一笔勾销了。"

"真的？"

"做媒的栗本也是父亲的女人！那家伙吹来的是过去的毒气。幸好你是我父亲最后的女人，我想父亲也是幸福的。"

"最好和雪子小姐快些结婚。"

"那是我的自由。"

夫人怔怔看着菊治，脸颊的血色退了。她手捂额头。

"天旋地转啊！"

夫人无论如何都要回去，菊治叫来汽车，自己也坐了上去。

夫人闭着眼睛，靠在角落里，一副弱不禁风、危在旦夕的样子。

菊治没进夫人家门。下车时，夫人冰冷的手指好像从自己的手心一下子消失了。

这天夜里两点左右，文子打来电话。

"是三谷先生吧？母亲刚才……"她略一停顿，清楚地说道，"没了。"

"哦？你母亲怎么了？"

"去世了，心脏麻痹。近来吃了很多安眠药。"

菊治语塞。

"所以，想求您一件事。"

"好。"

"您要是有要好的医生，如果可能的话，请您领来好吗？"

"医生？你是说医生？急吧？"

菊治心里"咯噔"一下，原来医生不在场。

夫人是自杀！文子求菊治帮忙隐瞒真相。

"明白了。"

"拜托。"

文子肯定是经过深思熟虑才给自己打电话的，所以口气才郑重其事，并且就事说事。

菊治坐在电视机旁闭起眼睛。

在北镰仓那家旅馆同夫人过夜后，从回家的电车中看见的夕阳倏然浮上脑际。

那是池上本门寺树林的夕阳。

菊治恍惚看见鲜红的夕阳正掠过树林的树梢。

树林在火烧云中黑魆魆浮现出来。

流过树梢的夕阳也渗进疲惫的眼睛,菊治闭起双目。

蓦地,菊治觉得稻村小姐包袱上那白色的千只鹤正从留在眼帘的夕晖中向远处飞去。

志野彩瓷

菊治是在太田夫人"头七"的第二天去的。

因为公司下班已是傍晚时间,所以他本想早退,但要出门时又觉得心神不定,结果直到这天结束也没动身。

文子来到门口。

"啊,是您!"文子双手扶地,抬头看着菊治,似乎在用双手支撑开始颤抖的双肩。

"谢谢您昨天的花!"

"哪里。"

"您已经送花了,就以为您不会来了。"

"是吗?花先到人后来的情况也是有的吧?"

"可我没那么想。"

"昨天也来到花店附近来着……"

文子乖顺地点头道：

"虽然花束上没有您的名字，但我马上就看出来了。"

菊治想起来了，自己昨天曾站在花店的花丛间思念太田夫人。

同时想起花的香气，意外使得自己对于罪孽的惶恐缓和下来。

此刻文子也在柔和地迎接自己。

文子身穿白色棉质衣服，没有涂脂抹粉，只在约略干裂的嘴唇上淡淡抹了口红。

"我想昨天还是自觉些好。"菊治说。

文子往旁边侧过膝头，仿佛在说"请进吧"。

看来，文子之所以在门口说这些类似寒暄的话，是为了克制自己不哭出来。但若以同样的姿势再说话，恐怕就克制不住了。

"您光是送花就不知让人多么高兴了。其实即使昨天，您来也是可以的。"文子从菊治身后立起说道。

菊治尽可能轻松地说：

"因为担心让您的亲戚产生不快。"

"那方面我没有考虑。"文子说得很干脆。

客厅里，骨灰罐前立着太田夫人的遗像。

花只有昨天菊治送的。

菊治感到意外：莫非文子只留下菊治的花，而把其他人的花收起来了?

不过,头七当天也可能冷冷清清的,菊治有这样的感觉。

"是水罐①吧?"

文子知道他问的是花瓶。

"是的,我想正合适。"

"好像是很不错的志野瓷②啊!"

作为水罐来说算是比较小的。

花虽是白玫瑰和淡色康乃馨,但花束同筒形水罐相得益彰。

"母亲也时不时往里插花来着,就没卖,留了下来。"

菊治在骨灰罐前上香,双手合十,闭起眼睛。

菊治表示谢罪,但由于心里涌入对夫人的爱的感激之情,又觉得自己似乎被夫人宠坏了。

夫人是在罪的逼迫下,因无路可逃而死去的吗?或者是在爱的逼迫下,因无法自控而死去的吗?置夫人于死地的是爱还是罪?菊治为此思考和困惑了一个星期。

在夫人的骨灰前闭目合眼的此刻,尽管脑海里并没有出现夫人的肢体,但夫人那令人陶醉般的触感仍温暖地包拢着菊治。奇怪的是,菊治没有觉得不自然,而这也是因

---

① 水罐:日语写作"水指"或"水差",此处指作为茶道用具的水罐,用来为茶锅加水,储水冲洗茶碗和圆筒竹刷。
② 志野瓷:相传15世纪由志野宗信在濑户烧制的陶瓷,以厚施白釉为基本特点。志野彩瓷则在非透明白釉下以铁质釉描绘色彩素雅的花纹。

了夫人的关系。虽说触感复苏过来,但并非雕刻感,而是音乐感。

夫人去世之后,菊治彻夜难眠。往酒里加了安眠药,但还是容易醒来,梦也多。

不过,那不是被噩梦魇住,而是往往在梦醒之际有一种甘美的陶醉感。

菊治觉得奇怪,死去之人居然还会给人以拥抱之感。以菊治涉世不深的经验来看,这是意想不到的事。

"多么罪孽深重的女人啊!"

这句无论夫人在北镰仓那家旅馆同菊治过夜时,还是在来菊治家进入茶室时说的话,一如其反而诱发夫人悒意的战栗和唏嘘那般,此刻使得菊治坐在骨灰前思考夫人的死因。尽管如此,道出罪孽——假定那是罪孽——的夫人的语声也还是回响在耳畔。

菊治睁开眼睛。

文子在身旁啜泣,偷偷啜泣。刚一出声,又很快忍住了。

菊治动嘴而身体没动。

"什么时候的相片呢?"

"五年前的。小的放大的。"

"是吗?不会是点茶时的吧?"

"哎呀,您一眼就看出来了!"

面部放得很大,领口以下切去了,肩头也没出现。

"怎么看出是点茶时的相片呢?"文子问。

"给人那样的感觉。眼睛向下,像是做什么的表情,是吧?虽然看不见肩,但能感觉出身体紧张。"

"脸有点儿侧向一边,用不用这张有些犹豫来着,倒是母亲喜欢的相片。"

"娴静,好相片。"

"不过脸有点儿斜,还是不大合适的。上香时不看人家,不是吗?"

"哦?这倒也是的。"

"侧向一边,低着头。"

菊治想起夫人死前一天的那次点茶。

夫人拿茶勺时,眼泪滴在锅肩上面。自己上前拿起茶碗。喝茶的时间里,锅上的泪水干了。放碗的那一瞬间,夫人歪倒在自己腿上。

"照这相片的时候,母亲也胖来着。"说到这里,文子有些嗫嚅,"而且和我太相像了,摆上去——怎么说呢——有些不好意思。"

菊治蓦然回头。

文子低下眼睛,那是一直盯视菊治后背的眼睛。

菊治不得不从遗像前离开,同文子面对面。

但自己怎么向文子道歉呢?

所幸花瓶是志野水罐,菊治把手轻轻撑在水罐跟前,做出仿佛细看瓷器的姿势。

白釉中隐约透出红彩,仿佛冰冷而又温馨的光艳的肌肤,菊治伸手摸了摸。

"像是柔润的梦。好的志野瓷,我们也喜欢啊!"

菊治本想说"像是女人的柔润的梦",但把"女人的"省略了。

"您要是中意,可以作为母亲的遗物送您作纪念。"

"不、不。"

菊治慌忙抬起头来。

"如不介意,请别客气。母亲也会高兴的。东西像是不差。"

"当然是好东西。"

"我也听母亲这么说来着,所以把您送的花插在里面。"

菊治不由得涌起热泪。

"那么我就不客气了。"

"母亲也会高兴的。"

"不过我恐怕不会作为茶道的水罐使用,要当花瓶的。"

"母亲也插花来着,正好。"

"插花也不是插茶道的花。茶道用具离开茶怕是要寂寞的。"

"我也不想再搞茶道了。"

借回头之机,菊治站起身来。

他把壁龛旁边的坐垫挪到檐廊后坐下。

文子稍离开些一直坐在菊治身后,没有坐垫。

现在菊治移动了,只剩文子留在客厅正中。

她把手指约略弯曲放在膝头上的手攥了起来,似乎开始发抖。

"三谷先生,请原谅我母亲。"

文子陡然低下头去。

菊治心里一惊,担心文子的身体顺势瘫倒。

"哪里的话!请求原谅的应该是我。我想,我连'请原谅'都说不出口的,一来不知怎么道歉才好,二来在你面前感到羞愧,无法和你见面。"

"感到羞愧的是我们啊!"文子脸上现出羞愧的神色,"恨不得钻进哪里。"

从没有施粉的脸颊到偏长的白皙脖颈,都微微泛起红晕,显示出文子的心力交瘁。

那淡淡的血色反而让人感觉出文子的贫血。

菊治胸口作痛。

"原以为你不知怎么恨我呢!"

"恨?那怎么会?您是说我母亲恨你来着?"

"不、不。可是,不是我使得你母亲死去的吗?"

"是母亲自己死的,我是这么认为的。母亲去世后,我独自思考了一个星期。"

"那以来家里就你一个人?"

"嗯。啊,一直是母亲和我两人过日子。"

"你母亲的死是我造成的。"

"是她自己死的。如果您说是您造成的,那么更是我造成的才对。假如因为母亲的死而必须憎恨谁的话,那么恐怕应该憎恨我自己。如果其他人自责、后悔,就会使得母亲的死变得阴暗，变得不纯。我觉得，留下来的人反省和后悔，有可能成为死者的负担。"

"那或许是那样的。可是，如果我不见你母亲……"

菊治没能说下去。

"只要死去的人得到原谅，我想那就可以了。大概母亲也是因为想得到原谅才死的。您能原谅我母亲吗？"

如此说罢，文子起身走开。

菊治觉得文子的话使得自己脑袋里的一幕落了下来。

减轻死者的负担这种事想必也是有的。

因为死者而烦恼，就像诅咒死者，其中有很多浅薄的错误——是这样的吗？死者绝不会对生者要求道德。

菊治的目光落在夫人的遗像上面。

❖❖❖❖

文子拿茶盘进来。

茶盘里放着赤乐和黑乐①两个筒形茶碗。

文子把黑乐放在菊治面前。

---

①赤乐和黑乐：日本乐窑烧制的瓷器。乐窑据传由陶工长次郎于16世纪天正年间创建，所烧瓷器质朴而有雅趣，釉色有白、黑、红三种。下文的"了入"为其第九代陶工(1756—1834)。

是粗茶。

菊治拿起茶碗,窥看碗底的"乐"印。

"谁的?"他生硬地问。

"我想是了入烧制的。"

"赤乐也是……?"

"是的。"

"一对啊!"

菊治往红色茶碗那边看。

文子仍把那个放在膝前。

作为喝茶用具倒是正合适的,但筒形茶碗令菊治眼前倏然闪出不快的图像。

文子的父亲死后、自己的父亲在世期间,父亲来文子的母亲这里时,这对乐窑茶碗莫不是被当作普通茶杯使用过?父亲用黑的,文子的母亲用红的——有没有作为鸳鸯碗使用呢?

既是了入烧制,那么用起来不用爱惜,说不定两人旅行时也用过。

若果真如此,心知肚明的文子此刻为自己拿出这对茶碗就成了恶作剧。

不过,菊治并不觉得这是暗示性挖苦或居心不良。

他认为这是少女特有的单纯的感伤。

文子也好,菊治也好,恐怕都为文子母亲的死而心力交瘁,无力抵抗这种异乎寻常的感伤了——这对乐窑茶碗加深了两人共同的悲伤。

菊治父亲和文子母亲之间、文子母亲和菊治之间的关系以及文子母亲的死,文子无所不知。

掩盖文子母亲自杀的真相,也是两人的合谋。

看样子,文子边泡茶边哭来着,眼睛微微发红。

"我想今天来对了。"菊治说,"刚才你那番话,意思可以理解为死者和生者之间已经无所谓原谅不原谅了,但我还是要换个想法,认为我已得到你母亲的原谅了,好吗?"

文子点头。

"如若不然,母亲也不能得到您的原谅。估计母亲是不会原谅自己的。"

"不过,我这样来到这里和你面对面,说不定是件可怕的事。"

"为什么?"文子注视菊治,"是说死得不对不成?母亲死时,我也想不通来着,认为母亲哪怕再受人误解,也不应该死。死是拒绝一切理解的表示,无论谁都不可能予以原谅。"

菊治默然,但心里觉得文子也有可能触及了死这个东西的秘密。

死是拒绝一切理解的表示——从文子口中听得这句话很让菊治感到意外。

实际上现在菊治理解的夫人同文子理解的母亲,想必也是不一样的。

文子不可能理解作为女人的母亲。

原谅也罢，不原谅也罢，菊治都同样置身于女人身体那如梦似幻的波浪起伏中。

即使从这一对黑红茶碗中，也好像有梦幻往菊治身上飘来。

文子不理解这样的母亲。

从母亲身体出生的孩子不明白母亲的身体，这点总好像有些微妙，但母亲的体形微妙地传给了女儿。

从文子在门口迎接自己时开始，菊治就得到一种柔软的感觉。那也是因为从文子柔和的圆脸上看到了她母亲的面影。

假如夫人在菊治身上看到了父亲的面影，从而犯了错误，那么菊治认为文子长得像母亲也似乎是应该为之战栗的咒语。然而菊治仍身不由己地被吸引了过去。

即使在目视文子那娇小上翘的干裂的下嘴唇的时间里，菊治也觉得自己无法同她争辩。

要做怎样的事才能使她有抵触的表示呢？

菊治好像也产生了那样的感觉。

"你母亲太温柔了，所以才活不下去的吧？"他说，"不过我对你母亲是够残酷的了，甚至以那种形式将自己道德上的不安砸向你母亲。我是个卑劣的懦夫……"

"是母亲不好，母亲那人不行的。无论同令尊的事还是同你的事，尽管在我看来都很难认为是母亲的性格……"

文子欲言又止，脸红了，血色似乎比刚才温煦多了。

她像躲避菊治的视线似的约略侧脸向下。

"不过，从母亲死后第二天开始，我开始慢慢认为母亲是美好的了。不是我认为，而大概是母亲自然而然变得美好起来了。"

"对于死者来说，怎么样都是一回事吧。"

"没准母亲是忍耐不了自己的丑而死的……"

"我不那样看。"

"还有，她难过得不行……"

文子闪着泪花，她指的想必是母亲对菊治的爱情。

"死者将永远留在我们心中，珍惜吧。"菊治说。

"不过都死得早了。"

看来文子也已知晓菊治说的是他和自己两人的双亲。

"你我都是独生子女。"菊治继续道。

话出口后使得他意识到，假如太田夫人没有文子这个女儿，那么自己和夫人的事有可能封闭在更黑暗、扭曲的意念之中。

"听说你对我父亲也很关心，从你母亲口中听来的。"

菊治终于说了出来。他以为是自然而然说出口的。

菊治觉得，即使同文子聊一聊父亲将太田夫人作为情妇出入这个家门的事好像也并无不可。

不料，文子突然双手触地。

"原谅我！母亲太可怜了……从那时开始，母亲就像马上要死了似的。"

文子就势伏下前胸一动不动。她哭了起来，双肩有气无力地垂了下去。

因为没想到菊治会来,所以文子没穿袜子。她将双脚的脚心藏去腰后,身体蜷缩一团。

垂在榻榻米上的头发几乎碰上赤乐筒形茶碗。

文子双手捂着哭脸起身出去。

好一会儿没有返回。于是菊治说道:

"今天这就告辞了!"说罢,走到门口。

文子抱一个包袱出现了。

"东西,请带着。"

"哦?"

"志野水罐。"

拿出花、倒水、擦拭、装箱、包起——菊治对文子动作的麻利吃惊不小。

"今天马上带走?本来插着花的……"

"请带走好了。"

文子太悲伤了,所以才这么麻利。菊治这么想着,说道:

"那么就不客气了。"

"送去也可以的,但我不能登门啊!"

"为什么?"

文子没有回答。

"那么,多保重!"菊治准备出门。

"谢谢了!请别……别介意我母亲,快些结婚。"文子说。

"你说什么?"菊治回头问。

文子没有抬头。

◆◆◆◆

菊治往带回来的志野水罐里同样插进白玫瑰和浅色康乃馨。

太田夫人死后,菊治一直沉浸在自己好像也开始爱上夫人那样的心情中。

而且,他似乎觉得自己的爱是通过夫人的女儿文子得到确认的。

星期日,菊治打电话叫文子。

"还是一个人在家?"

"是,倒是有些寂寞了。"

"一个人是不可以的啊。"

"嗯。"

"电话里感觉得出,府上静悄悄的。"

文子轻声笑笑。

"找朋友来一下怎么样?"

"可我觉得,朋友来了,没准看出母亲的事。"

菊治无言以对。

"一个人,外出也出不来吧?"

"那不至于,锁门出去就是。"

"那么,请过来一趟。"

"谢谢。过几天去。"

"身体……?"

"瘦了。"

睡得着吗?

"夜里几乎睡不着。"

"那可不成!"

"不久有可能把这里拾掇了,去朋友家租房子住。"

"不久?什么时候?"

"我在考虑是不是把这里卖了……"

"房子?"

"是。"

"打算卖掉?"

"是,您不认为还是卖掉好?"

"这……是啊,我也考虑把自己这座房子卖掉。"

文子默然。

"喂,电话里说这个也说不清楚。星期天我在家,过来可好?"

"好的。"

"带回来的志野瓷,插上西洋花了。你要是来,想作为水罐用一次……"

"茶道……"

"倒也不是说茶道,但毕竟是志野名窑,不当水罐用一次,怪可惜的,对吧?况且,茶道用具还是要同其他茶道用具相互搭配,让它们相映生辉才能显出真正的美。"

"不过,今天我比你上次见时更加憔悴了,不能登门拜访的。"

"又不是有客人来。"

"可我……"

"是吗?"

"再见。"

"保重。好像有人来了,下次再说。"

来客是栗本千佳子。

菊治绷起脸,担心刚才的电话给她听见了。

"一直闷乎乎的,总算有个好天气,就出来了。"千佳子一边寒暄一边盯着志野瓷,"快到夏天了,加上茶会也不忙,就想来府上的茶室坐坐……"

千佳子递出礼品糕点,附带一把扇子。

"茶室好像又有潮气了。"

"那是吧。"

"太田家的志野瓷吧,欣赏一下。"

千佳子满不在乎地说着,往插花那边蹭了过去。

她手扶榻榻米,低头移蹭,骨骼粗硕的肩头向上突起,看上去像喷毒气似的。

"买的?"

"不,给的。"

"给这个?这可不是一般的礼物。是纪念物吧?"千佳子扬起脸,换上郑重的语气,"这样的东西还是自己买更好的吧?若是小姐赠送的,那可让人放心不下啊!"

"啊,我注意就是。"

"务请注意!太田家的茶道用具,这个那个转来这里不少,但都是令尊买下的。即使关照那位太太以后……"

"这种话,我不愿意从你嘴里听到。"

"是,是。"

千佳子忽然轻松起身离开。

可以听到她在对面和女佣说话的声音。很快,千佳子身穿做饭的罩衣转了回来。

"太田太太,是自杀吧?"千佳子出其不意地说。

"不是。"

"不是?一听我就明白了,那太太身上总好像有一股妖气。"千佳子注视菊治,"令尊也说那太太莫名其妙。虽说女人的眼光又有所不同,但看上去她总是显出一副天真无邪的样子。我们是不对脾性的。黏黏糊糊……"

"人死了,你就别说坏话了。"

"那倒是,可是死了的人不是还在干扰你的婚事吗?令尊也为那太太相当痛苦来着。"

菊治心想,痛苦的是你千佳子吧!

父亲只是逢场作戏,千佳子不至于因为太田夫人而怎么样，但她很可能对太田夫人恨之入骨，毕竟父亲至死都与之保持关系。

"你这样的年轻人，对那太太是根本摸不着头脑的。死了倒好，你解脱了，真的。"

菊治侧过脸去。

"连你的婚事都干扰，这怎么受得了呢?！到底心里有愧，克制不住自己的魔性了，所以一死了之，肯定是这样。她那个人嘛，以为死了会见到令尊呢!"

菊治打了个寒战。

千佳子下到院子里。

"我也去茶室平复一下心情。"

菊治久久坐着看花。

白色和浅红色的花，花色和志野瓷的釉色浑然一体。

菊治脑海里浮现出文子一人在家哭泣的身影。

母亲的口红

菊治刷完牙,折回卧室,女佣刚把牵牛花插进墙上挂的葫芦瓶里。

"今天这就起来。"

说是这么说,但菊治又钻回被窝。

他仰脸躺着,在枕头上歪起脖子,眼望壁龛角落里的花。

"有一朵已经开了。"女佣退去隔壁房间,"今天也休息吗?"

"啊,再休息一天。不过马上起来。"

菊治感冒头疼,四五天没去公司了。

"哪里有牵牛花的?"

"爬在院子边上的蘘荷上来着,开了一朵。"

想必是自生自长的,常见的纯蓝色,蔓很细,花和叶都小。

不过,蓝花绿叶从那古旧发黑的红漆葫芦瓶里垂下来,倒也清爽宜人。

女佣是父亲在世时就在这里的,所以会做这样的事。

花瓶上漆薄的地方可以看见花押,旧包装盒上也有"宗旦"①字样。若是真的,该是大约三百年前的葫芦瓶了。

菊治不懂得茶道插花,女佣也稀里糊涂。但既是早茶,牵牛花给人的感觉也相当不错。

相传三百年的葫芦瓶里插着一朝枯萎的牵牛花——想到这里,菊治望了好一会儿。

即使和在大约三百年前的志野水罐里插西洋花相比,恐怕也还是这个相得益彰。

不过,作为插花的牵牛花能活多长时间呢?菊治有些不安。

他对服侍自己吃早饭的女佣说:

"以为那牵牛花看着看着就会枯萎,但并不是那样。"

"是吗?"

菊治想起来了,有一次他本来打算把牡丹插在文子作为她母亲的纪念物送给自己的志野水罐里。

---

① "宗旦":千家第三代宗师(1578—1658),千利休之孙,终生从事茶道,提倡"茶禅一味"。

带回水罐的时候，虽然牡丹花期已经过了，但哪里应该还有晚开的。

"家里还有那个葫芦瓶，我早已忘了。你居然找出来了！"

"嗯。"

"看过我父亲往这葫芦瓶里插牵牛花？"

"没有。牵牛花也好，葫芦也好，都是爬蔓的，所以我想试试……"

"哦？爬蔓……"

菊治笑笑，泄了气。

看报纸期间，菊治开始觉得头沉，就在起居室歪倒，问道：

"铺盖还没动吧？"

女佣擦了擦洗东西的手过来。

"简单收拾了一下。"

菊治随后走去卧室一看，壁龛里牵牛花不见了。

葫芦瓶也没挂在墙上。

"唔。"

估计女佣不想让自己看见牵牛花枯萎。

牵牛花和葫芦都是"爬蔓的"这一说法，固然让他忍俊不禁，但从女佣的这种表现也可看出父亲生活习惯的影响。

不过，志野水罐仍在壁龛正中没有收起。

文子来看见了，肯定以为礼物受了冷落。

把这水罐从文子那里带回来时，菊治马上把白玫瑰和浅色康乃馨插在里面。

因为文子在她母亲的骨灰罐前是那样做的。白玫瑰和浅色康乃馨是文子母亲"头七"时自己献的花。

抱着水罐回来的路上，菊治在昨天委托往文子家送花的那家花店买了同样的花。

可是，那以后一碰水罐，菊治心里就好像怦怦直跳，再没插花进去。

有时候，走在路上会有一个中年妇女的背影闪入眼帘，菊治不由得被其强烈吸引，及至回过神来，嘀咕一句"简直是罪人"，一时神色黯然。

仔细一看，原来那背影并不像太田夫人。

不过是腰围同夫人的丰满相像罢了。

刹那间，菊治感到一种几乎颤抖的渴望。但同一瞬间，又有甘美的醉意同可怕的战栗重合在一起，仿佛从犯罪那一瞬间清醒过来。

"是什么把我弄成罪人的？"

菊治像要甩掉什么似的说了一句，但没有答案。然而想见夫人的心情反倒更加迫切。

死者的肌肤触感时不时活生生复苏过来。菊治心想，倘不能从中挣脱，自己便无从获救。

恐怕还是道德上的自责使得官能处于病态的。

菊治把志野水罐收入盒中，钻进被窝躺下。

看院子的时间里，响起了雷声。

尽管离得远,但声音很大,而且越响越近。

闪电开始掠过院子里的树木。

但阵雨先来了,雷声似乎渐渐远去。

雨下得很厉害,院土都溅起水花。

菊治爬起来给文子打电话。

"太田小姐搬走了……"对方应道。

"哦?"菊治吃了一惊,"失礼了。那么……"菊治估计文子把房子卖了,"搬去哪里,您知道吗?"

"啊,请稍等。"

电话另一头大概是女佣。

对方当即折回,像念纸上的字一样告诉地址。

搬去"户崎方",电话也有。

菊治往那家打电话找文子。

文子以欢快的声音说:

"劳您久等了。我是文子。"

"是文子小姐吗?我是三谷,往原来的家里打电话来着。"

"对不起。"

压低嗓音这点像她母亲。

"什么时候搬的?"

"呃,这……"

"没有告诉我啊。"

"这段时间住在朋友家。房子卖了。"

"噢。"

"告诉你，还是不告诉你，好一阵子犹豫。起始不打算告诉，觉得不该告诉，近来又有些过意不去。"

"那是难免的。"

"哎呀，您那么认为的？"

说话的时间里，菊治开始变得神清气爽，心里像被冲洗过一样。电话也会让人产生这样的感觉？

"那个志野水罐，带回来后每次看到，都很想见你来着。"

"真的？我这里也有一个志野瓷，一个筒形小茶碗。当时本想连水罐一起相送，但母亲用来喝茶了，沾有母亲的口红……"

"哦？"

"母亲那么说的。"

"茶碗上仍有你母亲的口红？"

"不是仍有。母亲说过，那个志野瓷本来就有些发红，要是沾上口红，细擦也很难擦掉。母亲去世后，我一看见那杯口，就好一会儿回不过神来。"

文子是无意中这样说的吗？

"好厉害的雷阵雨，你那边呢？"菊治觉得听不下去了，转而问道。

"瓢泼大雨。雷好吓人，倒是小了。"

"雨后凉爽了吧？我休息四五天了，今天也在家。如果方便，请过来吧！"

"谢谢。即使去，也得等工作定下以后，定下就去拜访。我想出去工作。"

菊治刚要应答，文子继续下文：

"接得您的电话，心里很高兴，那么就拜访一次好了。本来不该再次见您的……"

菊治等雨过去，让女佣收起被褥。

菊治自己感到吃惊，居然把文子叫了出来！

不过，更让自己意外的是，同太田夫人之间那个罪孽的阴影，反倒由于听到她女儿的声音而消失了。

莫非少女的语声让自己觉得她母亲还活着不成？

为了刮胡子，菊治把肥皂刷往院子的树叶里甩了甩，用雨滴弄湿。

过了中午，菊治一心以为是文子来了，然而走到门口一看，却是栗本千佳子。

"啊，是你！"

"热起来了。很久没来了，就来看看。"

"有些不舒服。"

"可别病了。脸色不大好啊！"

千佳子额头聚起皱纹，看着菊治。

自己以为文子大概穿西服来访，却把木屐声错当成文子，莫名其妙！

"牙换了？好像返老还童了！"

"梅雨，趁闲着……有点太白了。很快就变脏，无所谓。"

千佳子走进菊治睡觉的里屋，目视壁龛。

"什么也没有，够清爽的吧？"菊治说。

"是啊，梅雨时节嘛。不过，插花什么的……"说着，千佳子转过身来，"太田家的志野瓷怎么样了？"

菊治默不作声。

"那个，还给人家不好吗？"

"那是我的自由。"

"不是那样的！"

"至少不用你发号施令吧！"

千佳子露出镶的白牙笑道：

"今天来是打算给您提点建议的。"

说罢，千佳子突然探出双手，像要驱赶什么似的摊开。

"要把魔性从这房子里赶走才……"

"别吓唬人！"

"可是，今天请允许我作为媒人说一句话。"

"若是说稻村家的小姐，对不起，到此为止。"

"瞧您、瞧您，看媒人不顺眼，但因此放弃婚事，气量可是太小了哟。媒人是桥，桥不怕踩的。令尊倒是随意利用我来着。"

菊治脸上现出不快。

千佳子有个毛病，说话一来劲儿，肩头就耸得厉害。

"那也不奇怪啊！我和太田太太不一样，人微言轻。这话也不必隐瞒，让我说出来好了——遗憾的是，我连令尊拈花惹草的对象都算不上。一次就完了……"说着，千佳子低下头去，"可我一点儿也不怨恨。因为自那以来，每当我好用的时候，令尊就能随便利用我……男人嘛，还是有过什么的女人才好用嘛。我也因为令尊的关系，学到了世上健全的常识。"

"噢。"

"所以，请利用我健全的常识就是。"

菊治也不由得听了进去，觉得言之有理。

千佳子从和服衣带里抽出扇子。

"太男人气，太女人气，都是学不来健全的常识的。"

"噢？就是说常识是中性的？"

"奚落我吗？不过，一旦变成中性了，对男女心理就看得一清二楚。太田太太母女相依为命，居然留下女儿死了——不觉得蹊跷？依我看，说不定那个人心里有数，估计自己死后您会照看她女儿……"

"别乱说。"

"我翻来覆去想的过程中，猛然碰上了这个疑问。太田太太总好像是以死来干扰这门婚事的。这不是普普通通的死，里边有什么！"

"那是你的胡思乱想。"

话尽管这么说，但菊治觉得自己被千佳子的胡思乱想击中了。

如一道闪电一掠而过。

"你把稻村家小姐的婚事对太田太太讲了吧？"

菊治心有所觉，却佯作不知。

"打电话告诉太田太太我的事已经定了的,不是你吗?"

"嗯,是我告诉的,要她不要干扰。太田太太就是死在那个晚上。"

一阵沉默。

"可是,我打电话您怎么知道的呢?那个人来哭诉了?"

菊治被意外敲了一下。

"不错吧?她在电话中'啊'叫了一声。"

"那么说,像是被你杀害的了?"

"那么想会使您心安理得的吧。我当反面角色好了。令尊已经把我调教好了,使得我能够根据需要扮演冷酷角色。倒不是说要报恩,反正今天出马唱黑脸来了。"

在菊治听来,千佳子恐怕是在倾诉根深蒂固的嫉妒和憎恶。

"就算我不知道后台戏……"千佳子以注视自己鼻子的眼神说道,"您尽管皱着眉头把我看成多嘴多舌的讨厌女人好了……但愿您很快把魔性的女人赶走,喜结良缘!"

"良缘什么的别再提了,好不好?"

"好,好,我也不乐意把这事同太田太太扯在一起。"千佳子语气缓和下来,"太田太太也并不是坏人……自己死了,就好像在不言不语当中祈祷您关照她女儿……"

"又说胡话!"

"绝对没错!您以为她活着的时候一次也没想过把女儿嫁给您的?真那么以为,可就粗心大意了。那个人睡着醒着心里都只有令尊一人，像走火入魔似的。说纯情也够纯情的。如此半睡半醒的时间里把女儿也卷了进去，最后把命也搭上……不过从旁边看来，就像是可怕的报应或诅咒，张开了魔性大网！"

菊治目光同千佳子碰在一起，于是把脸扭向一边。

菊治之所以让千佳子说而自己畏畏缩缩，固然是由于一开始就有心虚之处，但也同千佳子离奇的说法有关。

死去的太田夫人果真祈愿女儿文子同自己结合不成？这点他从未想过，也不相信。

想必是千佳子大泄私愤。

想必是千佳子如同胸部的痣一般丑陋的阴暗推测。

然而，这离奇的说法对于自己仿佛一道闪电。

菊治一阵惶恐。

自己也期待那样不成？

母亲死后移情女儿，虽说世间并非没有，但是假如自己没有察觉在陶醉于同夫人的拥抱之中而不知不觉被冲去女儿那边，那不是魔性的俘虏又是什么呢？

此刻，菊治甚至觉得自己的性格在见了太田夫人之后整个为之一变。

有一种麻痹感。

"太田家的小姐来了。如果有客人，改日……"女佣告诉菊治。

"哦，回去了？"

菊治起身去迎。

◆◆◆◆

"刚才失礼了……"

文子伸出白皙修长的脖颈,向上看着菊治。

从喉咙到胸部的凹窝那里有一层浅黄色的荫翳。

不知是光线的关系还是憔悴造成的,反正那淡淡的荫翳让菊治心怀释然。

"栗本来了。"

菊治淡然说道,本来有些尴尬,但看见文子,反而轻松下来。

文子点头。

"有师傅的太阳伞……"

"啊,那把伞?"

门口靠着一把长柄鼠灰色的太阳伞。

"如不介意,在那边茶室等一下好吗?栗本阿婆很快回去的。"

如此说罢,菊治怀疑自己,为什么明知文子要来却没把千佳子赶走。

"我不碍事的……"

"是吗？那么请。"

文子就好像不知道千佳子的敌意一样走进客厅，向千佳子寒暄。

还对她参加母亲的葬礼表示感谢。

千佳子像看弟子练习茶道时那样稍微耸了耸左肩，身体向后一仰。

"令堂是一位温柔的女士——这个世道，温柔的人却活不下去，感觉就像最后的花朵凋零落地。"

"也并不是多么温柔。"

"身后留下文子小姐一人，令堂怕也于心不忍啊！"

文子垂下眼睛。

约略上翘的下嘴唇紧紧收拢。

"想必够寂寞的，差不多该学茶道了。"

"啊，已经……"

"可以消烦解闷的。"

"我已经不具有从事茶道的身份了。"

"瞧你说的！"千佳子摊开膝头上叠放的双手，"说实话，心想梅雨快结束了，也该让这座宅院的茶室通通风了，所以今天登门拜访。"说着，一闪扫了菊治一眼，"文子小姐也来了，如何？"

"嗯？"

"容我使用作为令堂的纪念物的志野瓷……"

文子抬脸看千佳子。

"讲一讲令堂的往事好了。"

"可我不愿意在茶室里哭哭啼啼的。"

"啊,哭吧,哭是好事。菊治先生很快就会有太太了,到那时我就不能随便进茶室了。尽管是让人怀念的茶室……"千佳子微微一笑,换上郑重的语气,"同稻村家的雪子小姐的婚事定下后……"

文子点头,脸上无任何反应。

但是,那张同母亲相像的圆脸显得有些憔悴。

菊治开口了:

"事情还没定,说这个,对对方也不好。"

"我是说如果定了。"千佳子把菊治顶了回去,"好事多磨。在定下之前,文子小姐你也就当没听说好了。"

"是。"

文子再次点头。

千佳子招呼女佣,起身打扫茶室去了。

"这个背阴的地方,树叶还湿着呢,当心!"

院子里传来千佳子的说话声。

◆ ◆ ◆ ◆

"早上的电话里,这里的雨声都进去了吧?"菊治说。

"电话里也能听见雨声？我没注意。这院子里的雨声能在电话里听见的？"

文子将眼睛转向院子。

树丛那边传来千佳子打扫茶室的动静。

菊治也看着院子说：

"我也没意识到电话里有你那里的雨声传来，但事后有那个感觉。好大一场雨啊！"

"是的，雷好吓人……"

"对了、对了，电话里你也这么说来着。"

"连无聊小事都像我母亲。一打雷，母亲就用衣袖包住我的小脑袋。夏天外出，她有时眼望天空说不知今天会不会打雷。即使现在，一打雷我有时还用衣袖捂脸的。"

从肩到胸，文子的身上似乎渗出一种羞赧。

"那个志野茶碗，我带过来了。"

说罢，文子起身离开。

返回客厅时，连同包装放在菊治膝前。

但菊治有些犹豫。于是文子把它拉到跟前，从盒中取出。

"那对乐窑筒形茶碗，你母亲也用来喝茶了吧？是了入烧制的？"菊治说。

"嗯。母亲说，无论黑乐还是赤乐，喝粗茶或绿茶时色调都不谐调，所以常用这个志野茶碗。"

"是啊，黑乐看不出粗茶的颜色……"

菊治并不想把放在那里的志野筒形茶碗拿在手里。于是文子说道：

"可能不是多么好的志野茶碗……"

"不、不。"

但菊治还是没有伸手。

一如今早文子在电话里说的，志野茶碗的白釉微微泛红。菊治注视的时间里，红色仿佛从白色中浮了上来。

而且，碗口隐约呈浅褐色，其中一个地方似乎褐色深些。

莫非那是贴嘴唇的地方？

好像沾有茶锈，但也有可能是嘴唇沾脏的。

再看那浅褐色，看着看着也好像微微泛红。

那是今早文子在电话里说的她母亲的口红遗痕吗？

这么一想，釉纹中也似有红、褐两色。

颜色既像褐色的口红，又像枯萎的红玫瑰，而且像沾在什么上面的经年累月的血色——这么一想，菊治胸口有一股怪怪的感觉。

作呕的不洁和令人眩晕的诱惑同时刺激着他。

碗身用泛青的黑彩画着大叶茶，叶片有的地方也透出锈色。

绘画单纯、健康，仿佛能使菊治病态的官能冷却下来。

茶碗的造型也很庄重。

"好东西啊！"

菊治说着，拿在手里。

"我是不懂，但母亲喜欢，用来喝茶来着。"

"适合女性用啊。"

菊治从自己的话中再次活生生感觉出文子母亲的女人味。

话虽这么说，可文子为什么把沾有母亲口红的志野茶碗拿来给自己看呢？

不知文子是天真无邪，还是粗心大意。

只是，文子身上的某种乖顺似乎让菊治感觉出来了。

菊治把茶碗在膝头转动着打量，但手指有意没碰碗口。

"请收起来吧。栗本阿婆看了又要说什么，让人心烦。"

"好的。"

文子把茶碗放在盒里包起。

看样子是打算拿来送给菊治的，但文子似乎错过了表达的机会，也许担心菊治并不中意。

文子重新把包起来的茶碗放去门口。

千佳子从院子里弓腰进来。

"把太田家的水罐拿出来可好？"

"用我家的怎么样？太田小姐来了……"

"说的什么呀，正因为文子小姐来了才用的嘛！不是说用作为纪念物的志野水罐聊聊小姐母亲的往事吗？"

"可你是恨太田太太的吧？"菊治说。

"哪里谈得上恨，不过是脾性不合罢了。死了的人是恨不起来的。只是，因为脾性不合，所以理解不了那位太太，但另一方面，反而也有因此看透她的地方。"

"看透好像是你的怪癖……"

"注意别让我看透就可以了!"

文子出现在走廊,在门槛旁边坐下了。

"哎,文子小姐,用令堂的志野水罐好吗?"

"啊,请。"文子应道。

菊治把刚才收进壁橱的志野水罐拿了出来。

千佳子把扇子轻轻插进衣带,抱着水罐盒走去茶室。

菊治也来到门边。

"今早电话里听说你搬走了,心里一惊。房子的事什么的,都是你一个人处理的?"

"嗯,反正是由熟人买下的,简单。熟人暂时住在大矶,听说房子不大,对方表示交换也可以的。可是,哪怕房子再小,我一个人也住不了。上班还是租房子住省事,所以,暂且住在朋友那里。"

"上班的事定了?"

"没有。一旦上班,身上就什么啰唆也没有了……"文子微微一笑,"本来打算工作定了以后来拜访的。没有房子,没有工作,忽忽悠悠、飘来荡去——这种时候见您让人伤心。"

菊治想说这种时候来才好,毕竟一个人孤苦伶仃。但文子看上去并不寂寞。

"我也想卖这房子,正在犹豫不决。但还是要卖,所以导水管没修,榻榻米照旧,房子门脸也没换。"

"您要在这房子里结婚的吧?那时候……"文子坦率地说。

菊治目视文子。

"你指的是栗本的说法？你认为我现在能结婚吗？"

"因我母亲……？既然母亲让您那么痛苦，我想您还是让母亲的事成为过去的好……"

◆ ◆ ◆ ◆

到底驾轻就熟，千佳子很快做好了茶道准备。

"水罐的搭配如何？"

虽然听得千佳子问，但菊治还是看不出名堂。

因菊治不应声，文子也沉默不语。两人都看着志野水罐。

之前在太田夫人的骨灰罐前当花瓶用，今天做回了本来的茶道水罐。

太田夫人手里的东西，此刻由栗本千佳子之手摆弄。夫人死后传给女儿文子，文子给了菊治。

好一个命运奇特的水罐，或许茶道用具就是这样子的。

在太田夫人拥有之前，水罐问世之后的三四百年的时间里，它是经由怎样命运的人之手传下来的呢？

"往茶炉和铁茶锅旁边一放，志野水罐看上去更像美貌的女子了吧？"菊治对文子说，"不过，坚实的样子不在铁器之下啊！"

志野水罐白润的肌肤从深处静静闪出光泽。

每当看见这志野水罐而想见面时,菊治就在电话里对文子说:"你母亲那白皙的肌肤里同样有女人坚实的底蕴吧?"

天气热,菊治打开了茶室的木格纸拉门。

文子身后的窗外枫叶正绿,枫叶重重叠叠的阴影落在文子的头发上。

于是,文子修长的脖颈以上的部位出现在窗的光照中,从大约是第一次穿的半袖衫里露出的胳膊显得有些苍白。人并不那么胖,但感觉肩部浑圆,胳膊也圆鼓鼓的。

千佳子也望着水罐。

"不在茶道上使用,到底没有灵气。用来插西洋花,太可惜了。"

"母亲也插花来着。"文子说。

"作为令堂纪念物的水罐来到这里,像做梦似的啊!不过,令堂想必也会高兴的。"

说不定千佳子是出于挖苦。

但文子不以为意。

"既然母亲把水罐当花瓶,那么我也不会用在茶道上。"

"可别那么说!"千佳子一面四下打量茶室,一面说,"我么,虽说去了很多地方,但到底是坐在这里觉得最能放松。"而后看着菊治,"到明年,令尊就去世五年了,在忌日那天开个茶会。"

"是啊,把这个那个所有的冒牌用具都摆出来,再请来客人，或许很让人开心。"

"瞧您说的！令尊的茶道用具，一个冒牌的也没有。"

"是吗？不过，全部用冒牌货来开个茶会应该很有意思吧。"菊治转向文子说，"我觉得这茶室里好像也有一股发霉的毒瓦斯味儿。如果来开个全是冒牌货的茶会，很可能把毒瓦斯扫荡一空，算是以此为父亲祈一回冥福，然后和茶道一刀两断。虽说以前就断了……"

"您意思是说我这老太婆来的次数多了，该让茶室透透气了，是吧？"

千佳子赶紧拿起茶刷。

"算是吧。"

"话别那么说吧！不过，等结了新缘，旧缘断了也无所谓。"

千佳子把茶端到菊治面前，像是说"好了"。

"文子小姐，听菊治先生开这样的玩笑，令堂的纪念物怕是来错地方了吧？我一看见这个志野水罐，就觉得上面好像印有令堂的面影。"

菊治放下喝干的茶碗，目光蓦然落在水罐上。

那黑釉盖说不定有千佳子映在上面。

但文子只顾发愣。

至于文子是不想触犯千佳子，还是没把她放在眼里，菊治就不清楚了。

文子全然不动声色地同千佳子进到茶室后坐着不动，这点也足够奇妙的。

即使在千佳子说起菊治的婚事时，文子脸上也没显出尴尬。

千佳子一向憎恶文子母女，每说一句话都侮辱文子，但文子没有流露出反感。

莫非文子深深沉浸在悲痛之中，以致觉得这所有的一切都是过眼云烟？

莫非母亲之死使得她超越了这一切？

或者说她继承了母亲的性格，像母亲一样奇异地天真无邪，既不触犯自己又不触犯别人？

然而，自己没有尽力保护文子免受千佳子的憎恶和侮辱，没有那样的表现。

意识到这点，菊治觉得奇怪的正是自己。

在菊治看来，最终自斟自饮的千佳子那样子也够奇怪的。

千佳子从衣带里掏出表。

"表这么小，对老花眼是不合适了……把令尊的怀表什么的赏给我可好？"

"没有怀表的。"菊治一口回绝。

"有的，常用来着。去文子小姐府上的时候令尊也是带着怀表的，是吧？"

千佳子故意做出目瞪口呆的样子。

文子眼睛朝下。

"两点十分？两根针合在一起，模模糊糊的。"

千佳子一副劳动能手的架势。

"稻村家小姐找了一伙人,今天三点开始学茶道。去稻村家之前,顺路来这里看看,想把菊治先生的答复带上。"

"稻村家那边,请明确谢绝好了!"

尽管听菊治这么说,但千佳子仍然笑着搪塞。

"是,是,明确就是。"她说,"很想让那伙人尽快在这茶室里练习啊!"

"那么,就请稻村家把这房子买下来怎么样?反正很快要卖掉的。"

"文子小姐,一起走去那里好吗?"千佳子不理会菊治,转向文子说。

"好的。"

"得抓紧收拾。"

"我来帮忙。"

"是吗?"

但千佳子不等文子,一忽儿走去小水房。

水声传了过来。

"你可以吧,别一起回去。"菊治小声说。

文子摇头。

"我怕啊!"

"有什么好怕的?!"

"我是很怕的。"

"那么,就一起走到那里,再甩开。"

文子再次摇头,然后把夏服腿弯那里的褶子拉平,站起身来。

菊治差点儿从下面伸出手,他担心文子摔倒。

文子脸红了。

千佳子提到怀表时,文子眼窝那里微微泛红。那时的羞赧现在似乎一下子扩展开来。

文子抱起志野水罐走去小水房。

"哎哟,到底拿的是令堂的东西?"

里面传出千佳子沙哑的声音。

双重星

　　栗本千佳子来菊治家说,文子,还有稻村家的小姐都结婚了。

　　夏季时间,直到八点半天还没黑。菊治晚饭后歪在檐廊里,眼望女佣买回的萤火虫笼子。青白色萤火不知何时加进了黄色,天也暗了,但菊治没有起身点灯。

　　菊治向公司请了四五天暑假,去了野尻湖朋友的别墅,今天刚回来。

　　朋友结婚有了小孩儿。菊治对婴儿不熟悉,看不出生下来几天了,也不明白长得大还是长得小,因此不知如何寒暄,遂说:

　　"发育得蛮好啊!"

"那也不是的。出生时小得不成样子,近来倒是追上了不少。"朋友的太太说。

菊治在婴儿眼前摆了摆手。

"不眨眼睛啊!"

"看得见,但眨眼睛还要等几天。"

菊治以为婴儿已经出生好几个月了,不料刚满一百天。怪不得朋友的太太看上去头发稀薄、脸色苍白,还带有产后的憔悴。

朋友夫妇的生活全部以婴儿为中心,只顾看婴儿了,这让菊治觉得自己被当成了外人。但上了回家的火车之后,朋友太太的身影到底从脑海里挥之不去——一看就知是很老实的太太,尽管憔悴得那么有气无力,但还是忘乎所以地抱着婴儿。朋友本来和父母兄弟住在一起,生下第一个孩子之后才暂时住在湖畔别墅里。习惯了和丈夫单独生活的太太好像轻松得有些发呆。

菊治即使现在回到家歪在檐廊里,也还是以一种不妨说是神圣的伤感那样的怀念之情想起那位太太。

正在这时,千佳子来了。

她大模大样地走进房间。

"哎呀、哎呀,在这么黑的地方!"

说着,在菊治脚这头的走廊里坐下。

"单身生活够可怜的啊!这么躺着,连个给开灯的人都没有?"

菊治蜷起腿，又那样躺了一会儿，但终归不情愿似的坐了起来。

"请躺着好了。"

千佳子用右手做了个让菊治躺倒的手势，然后正式寒暄了一番。她说自己去京都了，回来的路上到了箱根。在京都她师傅家里，见了茶道用具商店的大泉。

"和大泉谈令尊谈了很多，很久没这么谈了。他还把我领去木屋町的一家小旅馆，说是令尊和人幽会的地方，大概也和太田太太去过。大泉居然叫我住在那里，神经够迟钝的！想到令尊和太田太太两人都已去世，我就算再胆大，半夜也还是有点儿害怕的吧。"

菊治没出声，心想说这种话的千佳子才神经迟钝。

"你也去野尻湖了？"

千佳子一副明知故问的语气。一进门时就向女佣打探好了，不用通报就自行上来，这是千佳子的一贯做法。

"刚刚回来。"菊治不耐烦地应道。

"我是三四天前回来的。"千佳子也换上不冷不热的口吻，左肩猛地向上一耸，"不料回来之后，发生了一件遗憾的事情，简直不敢相信。都怪我太粗心大意了，实在没脸见您。"

千佳子说稻村家小姐结婚了。

菊治也显出惊讶的神色——所幸檐廊较暗，但嘴上若无其事地说：

"真的？什么时候？"

"您就那么冷静，就像与已无关似的。"千佳子挖苦道。

"关于雪子小姐，我已经向你表示过好几次了嘛！"

"那是口头上，是对我才摆出那么一副面孔的吧？人家本来不感兴趣，一个爱管闲事的老婆子偏偏多嘴多舌，不依不饶，让人心烦，是这么回事吧？不过那位小姐非常不错。"

"胡说什么！"菊治冷冷笑道。

"小姐还是合意的吧？"

"是好姑娘。"

"这点我早看透了。"

"姑娘虽好，可我未必想和她结婚。"

不过，听说稻村家的小姐结婚了，菊治的确心里一惊，开始如饥似渴地勾勒少女的面影。

在圆觉寺茶会上，千佳子为了让自己看雪子，特意让她给自己点茶，点得真诚而有品位。叶影婆婆的拉门使得雪子的和服肩、袖以及秀发灿然生辉——那样的印象倒是留在心里，但很难想起雪子的长相。当时那红色的小茶巾、往寺院后院的茶室行走时携带的桃红色绉绸包袱上的白色千鹤等等，至今仍历历在目。

那之后雪子来访那天，千佳子也点茶来着，即使第二天自己也觉得茶室里还有少女的香气，她身上那水菖蒲图案的衣带现在也出现在眼前，但捕捉不到形象。

就连三四年前去世的父母的面庞都几乎描绘不出来了，

看照片，自然连连点头。或许，越是亲人和所爱的人，越是难以描绘，而越是丑陋的越容易鲜明地留在记忆里。

雪子的眼睛和脸颊如光照一般抽象，而千佳子从乳房到胸口窝的那块痣菊治却记得如癞蛤蟆一样具体。

檐廊现在已经黑了，但菊治仍然知道她大概穿的是白麻绉纱做的长衫。即使在明亮的地方也不至于看见那块胸痣，然而在记忆中却看得见。因为黑得看不见，反而看得见。

"如果认为是好姑娘，那么不会放跑的。毕竟稻村小姐这个人世上只有一人，找一辈子也没有同样的。这么简单的事，您还不明白？"千佳子说得斩钉截铁，"阅历浅，品位高啊！这一来嘛，您和雪子两人的人生可就变了。雪子小姐对这门婚事是很动心的。所以，万一她嫁到别处不幸了，就不能说您没有责任。"

菊治不应不语。

"那位小姐您看得很清楚的吧？难道说雪子小姐多少年后因为没和您结婚而后悔并且想起您也是可以的吗？"

千佳子的语声含有歹意。

假如雪子已经结婚，她为什么还要说这没用的话呢？

"萤火虫笼子？这时候？"千佳子伸出脖子，"不是都快到秋虫笼时节了？还要萤火虫？像鬼火似的！"

"女佣买来的吧。"

"女佣嘛，就这个德行。您要是专心于茶道，就不会有这回事。日本是讲究季节的。"

给千佳子这么一说,萤火虫看上去不能不像鬼火。菊治想起野尻湖畔秋虫的叫声。这时候还有的萤火虫肯定是奇异的萤火虫。

"要是有太太,就不会让您冷冷清清误了季节啊!"千佳子突然伤感起来,"介绍稻村家小姐,本来我是当作对令尊最后的效忠的。"

"效忠?"

"是的。而且,您只顾摸黑躺着看什么萤火虫,太田家的文子小姐不也结婚了?"

"什么时候?"

菊治比听雪子结婚时还要大吃一惊,也来不及掩饰。想必千佳子也看出菊治是没有这种心理准备的。

"从京都回来一看,我也目瞪口呆。两人就像商量好似的三下五除二解决了,年轻人实在太沉不住气了。"千佳子说,"文子小姐解决了,心想这回没人干扰您了,不料这时稻村小姐也把自己解决掉了,连我的面子也给毁了。这都是托您优柔寡断的福!"

可是,菊治仍难以相信文子结婚了。

"太田太太为了干扰您的婚事,甚至不惜一死。不过,文子结婚了,这回她的魔性也该从这房子里消失了吧!"千佳子将眼睛转向院子,"这下子清爽了,院里的树也得修剪了。这么阴暗,也是由于枝叶疯长的关系,闷乎乎让人透不过气。"

父亲去世四年来,菊治从未请过园艺师。院里的树长得遮天蔽日,这从带有白天余热的树木气息中也感觉得出。

"女佣也没洒水吧?这种话,我来说说?"

"多管闲事!"

而另一方面,尽管菊治对千佳子的每一句话都皱眉不止,却又任凭她喋喋不休——见她时总这个样子。

千佳子虽然说话冷嘲热讽,但又想讨好他、试探他,菊治已经习惯这把戏了。菊治不掩饰自己的反感,也暗暗怀有戒心。千佳子虽然心知肚明,但大多时候装疯卖傻,偶尔也闪露真相。

同时,千佳子极少就菊治意料不到的事冷嘲热讽。她捅出来的可能都是菊治自我厌恶、自己想得到的。

今晚也是这样。千佳子告知雪子和文子已经结婚,而后观察菊治的反应。这是为了什么呢?菊治不敢懈怠。千佳子是想把雪子介绍给菊治而让文子远离菊治,但两个少女一旦结婚,往下菊治怎么想都应与千佳子无关,然而她好像仍在追逐菊治的心影。

菊治起身,打算打开客厅和檐廊的电灯。这么摸黑同千佳子说话,他意识到时觉得不正常,再说也不是那种亲密关系。尽管对方把修剪院里树木的事都提了出来,但菊治也只是看作她的一种作风而充耳不闻。不过,特意起身开灯,菊治总觉得有些多此一举。

千佳子也不例外,一进房间就说灯的事,自己却不动身。对这类事东搞搞西弄弄本来已经成了千佳子的习性,也是家务的一部分。如此看来，对于菊治，她很大程度上已失去了操劳之心。或者因为上了年纪，抑或作为茶道师傅已多少有了架子亦未可知。

"这只是京都的大泉托我转告的，如果您这里想把茶道用具出手，他愿意接收。"千佳子换上沉静的语气，"稻村家的小姐也跑了，如果您要痛下决心开始新的生活，茶道用具恐怕也用不着了。我在令尊那时候就已成了无用之人，寂寞是够寂寞的。可就连茶室也是我来时才通通风的吧？"

菊治恍然大悟。

千佳子的目的是赤裸裸的。既然同雪子的婚事未成，那么就对自己断了念头，转而想伙同茶道用具商店弄走自己的茶碗等物，想必已在京都同大泉商量好了。

较之气恼，莫如说菊治感到一阵轻松。

"房子都想出手的，到时候说不定相求。"

"毕竟从令尊那代我就出入这个家门，不管怎么说都是让人放心的。"千佳子补充一句。

对于家里的茶道用具，千佳子应该比自己更清楚，没准早已算计好了。

菊治往茶室那边看去。前面有一棵大夹竹桃，开满了白花。天已经很黑了，它看上去只是白蒙蒙的，很难同天空，同院子里的其他树区分开来。

◆◆◆◆

下班时间到了,菊治刚要离开公司的办公室,又被电话叫了回来。

"我是文子。"

"噢,我是三谷……"

"我是文子啊。"

"啊,知道了。"

"打电话是很失礼,但不打电话道歉,就来不及了。"

"哦?"

"是这样,昨天给您寄了封信,却好像忘记贴邮票了。"

"哦?还没看到……"

"在邮局买了十张邮票,信寄出去了,可回家一看,邮票还是十张。真是太糊涂了!心想怎样才能赶在信寄到之前道歉呢……"

"那种事,大可不必介意……"菊治一边应答一边心想信可能是告知结婚的,"是关于喜事的信?"

"啊……?平时总是打电话,写信是第一次,就犹豫寄还是不寄,结果忘了贴邮票。"

"现在你在哪里?"

"公共电话亭,东京站的……别人在外面等着呢!"

"公共电话?"菊治有些纳闷,但还是说道,"恭喜啊!"

"哎哟……? 托您的福,总算……可您是怎么知道的呢?"

"栗本嘛,她告诉的。"

"栗本师傅……? 她怎么知道? 这人真不得了!"

"不过,再也不会见栗本了吧? 上次电话里听到雨声来着。"

"您是那么说了。那时我也刚搬到朋友那里,说不知该不该告诉您,这次也一样。"

"那还是告诉的好。听栗本说了以后,我也不知道该不该祝贺,正困惑着呢。"

"一下子销声匿迹,怪让人寂寞的。"文子越来越小的语声像她母亲。

菊治陡然沉默。

"也许我该销声匿迹才对……"文子略一停顿,"脏兮兮的六张榻榻米大小的房间,好在工作同时找到了。"

"哦……?"

"天正热的时候开始上班,够累的。"

"是啊,又是结婚不久……"

"什么? 结婚……? 您说结婚?"

"恭喜!"

"噢? 我……? 不愿意听。"

"是结婚了吧?"

"哦? 我……?"

"不是结婚了吗?"

"没有啊!我现在能有心思结婚吗?母亲刚刚那样去世……"

"呃。"

"栗本女士那么说的?"

"是的。"

"为什么?莫名其妙!您听了也就信以为真了?"文子又好像是自言自语。

菊治突然一字一板地说:

"电话不合适,能见面吗?"

"好的。"

"这就去东京站,请在那里等我。"

"可是……"

"或者说在哪里碰头?"

"我……不愿意在外面碰头,我去府上。"

"那么,一起回去可好?"

"一起回去,还是等于碰头。"

"不来我公司?"

"不,我单独拜访。"

"是吗?我马上回去。你若是先到了,请先进去。"

如果文子从东京站上电车,应该比菊治先到。但菊治也想坐同一班电车,就在站台上的人群里边走边找她。

到底是文子先到的。

女佣说在院子里,菊治从大门旁边走到院子里,文子坐在白夹竹桃阴影里的石头上。

千佳子来后四五天,女佣每天都在菊治回来前洒水,院子里的旧自来水管也能用了。

文子坐的石头底端看上去也淋湿了。假如厚厚的绿叶配以红花,那样的夹竹桃盛开怒放自然是像酷暑炎天之花,而若是白花,就给人以丰润的凉爽感。花簇轻轻摇曳,包拢着文子的身姿。文子一身白色棉质衣服,翻领和衣袋口用藏青色布镶一道细边。

夕阳的光线从文子身后的夹竹桃上方射到菊治脚前。

"你来了!"菊治亲切地走上前去。

文子本来想抢在菊治之前说什么,却这样开口道:

"刚才您在电话里,"文子缩起双肩,转身站起,或许因为看上去菊治要上前拉她的手,"您在电话里那么说来着,所以我就来了,来打消⋯⋯"

"结婚的事?我也吃了一惊。"

"为哪个?"

文子垂下视线。

"要说为哪个,就是说,听到你结婚时和听到你没结婚时,我吃惊了两次。"

"两次都⋯⋯?"

"是的吧。"菊治踩着飞石走去,"从这里上去吧,本来说请你上去等来着。"菊治在檐廊里坐下,"前几天旅行回来在这里休息时,栗本来了,晚上。"

女佣从里面叫他，怕是下班前打电话吩咐的晚饭做好了。菊治遂起身过去，顺便换上白色细麻纱衣服返回。

文子也好像重新化了妆，等菊治坐下。

"栗本女士怎么说来着？"

"只听她说你也结婚了……"

"您就信以为真了？"

"毕竟那谎话很难认为是谎话……"

"也没怀疑？"文子大大的黑眼睛很快湿润了，"我现在能结婚吗？您以为我会做那样的事？母亲也好，我也好，都那么痛苦、那么悲伤，还没消失就……"

在菊治听来，就好像她母亲还活着。

"无论母亲还是我，都是容易在别人面前放纵自己的那类性格的人，也相信别人能理解自己。莫非那是梦幻？自己心中的水镜只能照出自己……"

文子眼看就要泣不成声。

菊治沉默良久。

"你认为我现在能结婚吗？——这话前些日子我就跟你说过，晚上下雨那天……"

"打雷那天？"

"嗯。今天反被你说了。"

"不对，那……"

"你一再说我要结婚来着。"

"不对，您和我完全不同。"文子热泪盈眶地盯视菊治，

"您和我是不同的。"

"怎么不同?"

"身份也不同……"

"身份?"

"嗯,身份也不同。不过,如果说身份不合适的话,那么或者应该说身上的阴影吧?"

"也就是说,罪孽之深……?是指我吧?"

"不、不。"

文子强烈摇头,泪水已溢出眼眶,却溢成一滴,意外离开左眼角,从耳朵旁边掉了下来。

"如果是罪孽,那已经由母亲背负着死了。可我不认为是罪孽,只是母亲的悲哀。"

菊治低下头。

"若是罪孽,那恐怕是没有消失的时候的,但悲哀可以过去。"

"可你说的身上的阴影,不是会使母亲的死变得阴暗的吗?"

"或许还是应该说是悲哀之深才对。"

"悲哀之深……"

菊治本来想说"爱之深",但转而作罢。

"除此之外,您还有同雪子小姐的婚事,和我不同。"文子把话拉回现实,"栗本师傅以为我母亲居中干扰。之所以说结婚了,是因为把我也看成了干扰,只能这么认为。"

"可她说稻村小姐也结婚了。"

文子显出泄气的神情。

"说谎……是说谎吧,那肯定也是说谎!"文子再次强烈摇头,"什么时候的事?"

"稻村小姐结婚……?不是最近的事吗?"

"定是说谎无疑。"

"听说雪子小姐和你都结婚了,我反倒以为大概你是真的。"菊治低声说,"不过,或者雪子小姐是真的也不一定。"

"说谎!没有人在这么热的时候结婚,穿一件单衣都流汗。"

"倒也是。没有夏季婚礼什么的吗?"

"啊,几乎……怕也不是完全没有……不过,或者仪式推迟到秋季……"

不知为什么,文子本已湿润的眼睛重新溢出了泪水,滴在膝头上,她自己看着打湿的痕迹。

"可是,栗本师傅为什么说那样的谎呢?"

"我怕是上当受骗了!"菊治也说。

问题是,那为什么会招来文子的眼泪呢?

至少文子结婚了是谎言,这点是千真万确的。

莫非雪子真的结婚了,所以千佳子为了让文子也远离自己才说文子也结婚了不成?菊治这么猜想一番。

但这样也有讲不通的地方。菊治还是倾向于认为雪子结婚了也是谎话。

"反正,在弄清雪子结婚的真假之前,栗本恶作剧的目的也琢磨不透。"

"恶作剧……"

"啊,姑且看作恶作剧好了。"

"可是,今天要是不打电话,您就以为我也结婚了。这恶作剧太过分了!"

女佣又招呼菊治。

菊治从里面拿信返回。

"你的信到了,没贴邮票……"

说着,菊治随手就要拆信。

"别、别……别看……"

"为什么?"

"不希望您看。还给我!"文子蹭过身来,从菊治手里夺信,"还给我!"

菊治一下子把手藏去身后。

这么着,文子左手触在菊治膝头上,用右手夺信。由于左右手动作相反,身体失去了平衡,险些倒在菊治身上,好在左臂支去身后才勉强挺住。然而右手仍往前伸来,想抓菊治背后的东西。结果,文子往右一歪,侧脸像要贴在菊治腹部似的栽了过来,却给文子轻轻闪开了,就连触在菊治膝头上的左手也只是轻轻一碰——这么轻柔的接触怎么会撑住向右歪又往前倒的上半身呢?

担心文子忽然压上身来而一下子绷紧身体的菊治,因为文子意外的轻柔举止而差点儿"啊"一声叫出声来。他强烈感觉出了女人，感觉出了文子的母亲太田夫人。

文子是在哪一瞬间闪开身体的呢？在哪里放松下来的呢？那是一种不应该有的轻柔，仿佛女人本能的秘术。在自己以为文子的重量猛然压来的时候，文子仅仅像温馨的气味那样飘近而已。

气味强烈袭来。夏天从早到晚上班的女人身体的气味浓了起来。菊治感觉出文子的气味，同样感觉出太田夫人的气味。那是同太田夫人拥抱的气味。

"哎，还给我！"

菊治没有反抗。

"撕了！"

文子侧向一边，把自己的信撕得粉碎。她无论脖颈还是裸露的胳膊上都渗出汗，湿了。

文子快要倒下而急速闪身时脸色突然发青，坐直后又红了——想必是那时出的汗。

◆◆◆◆

附近餐馆送来的晚饭总是同样的东西，没滋没味。

菊治喝茶用的是志野筒形茶碗，女佣一如往日拿上来的。

菊治一下子觉察到了。文子的目光也停在上面。

"噢，那只茶碗……您用了？"

"嗯。"

"不好办啊！"文子的语声似乎没有菊治那么难为情，"把这样的东西给您，给完就后悔了。这点在信上也多少写到了。"

"怎么……？"

"倒是仅仅道歉，说送了一件无谓的东西……"

"不是无谓的东西。"

"不是多么好的志野茶碗吧？因为母亲平时就用来喝茶来着。"

"我不大懂，不是很好的志野茶碗？"菊治把筒形茶碗拿在手里端详。

"更好的志野茶碗任凭多少都是有的。用这个就会想起其他茶碗，觉得那个更好……"

"我这里没有小的志野茶碗。"

"即使府上没有，在外边也会见到的。用这个的时候，如果有其他茶碗浮现出来，并且觉得那个志野茶碗更好，那样母亲和我会伤心的。"

菊治屏住呼吸说：

"我已经跟茶道断绝关系了，不可能见到别的茶碗嘛！"

"不知什么时候会碰巧见到。其实这以前您也看见过更好的志野茶碗的。"

"听你这么一说，送人只能选最好的东西！"

"是的。"文子断然扬起脸，定定直视菊治，"我是那么认为的。信上也写了，希望您摔碎扔掉。"

"摔碎？摔这个？"菊治见文子愈发成了一根筋，岔开话题似的说，"志野是古窑，三四百年前就有了。起初可能是酒席用具，而不是茶碗、茶杯，但作为小茶碗使用之后恐怕也经过漫长的岁月了。这是古人小心传下来的，说不定有人装在茶箱里携带出远门来着。是的，可不能因为你的任性把它摔碎啊！"

据说茶碗口也沾有文子母亲的口红。

听说文子母亲告诉文子：口红沾在碗口之后，怎么擦也擦不掉的。自己收到这志野茶碗之后也怎么都没洗掉碗口一个地方的污渍。当然，那不像是口红的颜色，而是浅褐色。但隐约有红色透出，未尝不可以看作褪色后的口红。同时也可能是志野窑淡淡的红彩。况且，作茶碗使用时喝的地方是固定的，说不定在文子母亲之前使用的人也会留下口红。但不管怎么说，平时用来喝茶的太田夫人应该是用得最多的。

菊治甚至思忖，用这个喝茶是太田夫人自己想出来的，还是自己的父亲想出来的呢？

了入的一对黑红筒形茶碗，没准太田夫人也和自己的父亲像用鸳鸯碗一样用来喝茶来着。

把志野水罐当花瓶使用往里面插玫瑰和康乃馨，又将志野筒形茶碗平时用来喝茶——父亲觉得这样的太田夫人妩媚动人的时候莫非也是有的？

两人死后，那个水罐也好，筒形茶碗也好，都来到了菊治这里，现在文子也来了。

"不是任性，是真的想请您摔碎。"文子说，"水罐给您了，您很高兴。心想还有一个志野瓷，就把茶碗也附带送了，可事后害羞起来。"

"本来不是用来喝茶的志野瓷，太可惜了……"

"不过，更好的还不知有多少！要是一边用这个一边心想更好的，我心里受不了的。"

"送人只能送最好的……？"

"那要看对象和场合。"

菊治心里一震。

能够从太田夫人的遗物想起夫人和文子，或者能够产生亲切接触那样的感觉的东西——莫非文子认为这样的东西应该是最好的东西吗？

最好的东西才配做母亲遗留的纪念物，对于如此一厢情愿的文子的说法，菊治也可以理解。

那当然是文子的最高感情。实际上，水罐便是证据。

冷冷而又暖暖的光洁滑润的志野肌肤，直接让菊治想起了太田夫人。而那之所以并不伴随罪孽的阴影和丑陋，很可能是因为水罐是珍品的关系。

注视珍品遗物的时间里，菊治更加觉得太田夫人是女人中至高无上的珍品。珍品没有污点。

下雨那天傍晚，菊治在电话里说自己看了水罐就想见文子。因是电话里才说出口的，文子听了，说还有一个志野瓷，就把筒形茶碗拿到菊治家来。

的确，这筒形茶碗想必不是水罐那样的珍品。

"我家老头儿好像也有旅行茶箱……"菊治想起来了，"里面装的肯定是比这个志野还要差的茶碗。"

"什么样的茶碗？"

"这……我也没见过。"

"很想看看，令尊的肯定好。"文子说，"要是比令尊的差，把这个志野茶碗摔碎可以了吧？"

"危险啊！"

文子一边灵巧地取饭后西瓜的种子，一边说想看那个茶碗，再次催促菊治。

菊治让女佣打开茶室，下到院子里，打算去找茶箱。但文子也跟了过来。

"在哪里我不知道，栗本倒很清楚……"菊治回头说。

盛开怒放的白夹竹桃那里，文子停在花荫下，穿着袜子和院内木屐的脚从树下闪了出来。

茶箱在茶室小水房旁边的壁橱里。

菊治走到茶室，把它放在文子面前。文子以为菊治会解开包，正襟危坐等了一会儿，而后伸出手去。

"容我打开。"

"落满了灰。"

菊治拎起文子解开包装的茶箱，起身走到院子里拍打。

"小水房的壁橱里有死了的知了，都生蛆了。"

"茶室蛮干净的。"

"那是。近来栗本扫过了,就是告诉我你和稻村家的雪子都结婚了那时候……因是晚间,大概把知了关在里面了。"

文子从箱里拿出一个像是包着茶碗的小包,深深俯下胸部,开始解茶碗的包装袋,指尖微微颤抖。

文子浑圆的双肩向前收拢,修长的脖颈愈发闪进从旁俯视的菊治眼里。

肃然抿起的微微上翘的下嘴唇、质朴的耳垂厚度,显得楚楚动人。

"是唐津瓷①!"

文子抬头看菊治。

菊治也坐上前来。

文子把茶碗放在榻榻米上。

"好茶碗啊!"

是个小唐津碗,同样是可以用来作普通茶杯的筒形。

"苍劲、庄重,比那个志野茶碗好多了。"

"很难比较吧,一个志野,一个唐津……"

"但一比较就明白了嘛。"

菊治也被唐津茶碗的力度吸引住了,放在膝头上细看。

"那么,把志野茶碗取来看看?"

"我去取来。"文子起身。

---

①唐津瓷:佐贺县唐津一带自室町时代开始烧制的陶瓷,风格质朴、粗犷,深受茶人喜爱。

当志野和唐津两个茶碗摆在一起时,菊治和文子不由得四目相对。

并且视线同时落在茶碗上。

菊治紧张地说道:

"男碗和女碗啊,这么比较看来……"

文子也好像说不出话来,只是点头。

菊治觉得自己的语声有些奇怪。

唐津没有花纹,素釉。枇杷釉约略发青,透出暗红色。造型刚健有力。

"既然旅行也带着,想必是令尊喜欢的茶碗。很像令尊啊!"

文子似乎没有从危险的话语中觉察到危险。

菊治则未能说出志野茶碗很像文子母亲,但两个茶碗的确像是菊治父亲和文子母亲的两颗心摆在这里。

三四百年前的茶碗,风姿是那样健康,根本不至于诱发病态妄想。然而生机勃勃,甚至带有官能意味。

从这两个茶碗中看出自己的父亲和文子的母亲,这让菊治觉得仿佛两个美丽的灵魂摆在一起。

但茶碗的形体是现实,而以茶碗居中相对的自己和文子的现实,也似乎是玉洁冰清的。

两人面对面说不定是件可怕的事——太田夫人"头七"第二天菊治曾这样向文子说过,而现在对于那种罪孽的恐惧莫非给茶碗的肌肤拂拭了不成?

"好漂亮啊!"菊治自言自语地说,"说不定,父亲也是通过附庸风雅地摆弄茶碗来麻痹各种罪责的啊!"

"哦?"

"不过,看这茶碗的时间里,就想不起原来主人不好的地方了。父亲的寿命不过是这传世茶碗寿命的几分之一……"

"死就在我们脚下,可怕啊!尽管死也在自己脚下,心里却想不能总被母亲的死缠住不放,我也想了好些办法来着。"

"是啊,如果被死去的人缠住,感觉自己也好像不在人世了。"菊治说。

女佣拿来铁壶等用具。

大概认为菊治和文子待在茶室的时间长了,难免需要泡茶的热水。

菊治劝文子用这里的唐津和志野茶碗像旅途中点茶那样试试。

文子顺从地点头。

"在母亲的志野茶碗摔碎前,为了纪念用一次吧!"

说着,从茶箱里拿出茶刷走去小水房。

夏天的太阳还没有落山。

"权当旅行……"

文子边说边把小茶刷放进小茶碗。

"旅行?要住哪里的旅馆吗?"

"不一定是旅馆,可能是河边,可能是山上。就算是山涧水吧,凉的可好?"

文子拿起茶刷时，抬起黑眼睛看了一眼菊治，转而在手心转动唐津茶碗时，目光又落在茶碗上面。

文子的目光和茶碗一起来到菊治膝前。

菊治感觉文子整个人也好像流转过来。

文子把母亲的志野茶碗放在前面，茶刷窸窸窣窣碰在碗口上。她停住手说：

"难啊！"

"碗不容易点吧？"菊治应道。

文子胳膊发抖。

手一旦停住，茶刷已经在筒形小茶碗里动弹不得了。

文子盯着紧绷绷的手腕，一动不动地低着头。

"母亲不让我点啊！"

"哦？"

菊治霍然站起，就像扶起被咒语定住的人似的抓住文子的肩。

文子没有反抗。

◆◆◆◆

菊治睡不着觉，等待天光从木板套窗的缝隙里透过来，然后走去茶室。

洗手的石钵前，仍然落着志野茶碗的碎片。

他将四块大的碎片在掌心合起来，形状固然是个茶碗，但碗口缺了一块，缺口可以放进大拇指。

菊治找了找，想把那块碎片也找回，但很快作罢。

举目望去，东边树木之间有一颗大星星闪闪眨眼。

好多年都没看启明星什么的了，如此想着伫立仰望期间，天空中有云絮飘来。

由于在云絮中闪烁，星星看上去格外大。星光的边缘仿佛沾了水，湿漉漉的。

面对水灵灵的星星，菊治觉得拾茶碗碎片拼合未免有些猥琐。

于是将手中的碎片扔在那里。

昨晚菊治劝阻后不久，文子就把茶碗摔在洗手的石钵上，摔碎了。

菊治没注意到如影子般溜出茶室的文子拿着茶碗。

"啊！"菊治一声惊叫。

但菊治顾不上在昏暗的石钵阴影里寻找茶碗碎片，赶紧撑住文子的肩——文子以蹲下摔碗的姿势朝洗手的石钵那边瘫倒。

"有更好的志野茶碗的！"文子悄声低语。

莫不是担心菊治拿来这同更好的志野茶碗比较并为此伤心不成？

菊治睡不着的时间里，文子的那句话开始带有凄婉而纯洁的余韵漫上心头。

于是他等待院子变亮,出去寻找破碎的茶碗。

但看见星星,又把拾起的碎片扔了。

他仰望星星,"啊"了一声。

星星没了。菊治注视拾起的碎片期间,启明星躲进了云层中。

他怅然若失地久久望着东边的天空。

云层不厚,但看不出星星的位置。天空底端,云层紧贴街上的屋脊散开,染上了淡淡的红色,并且越来越深。

"不能扔在这里!"

菊治自言自语,再次拾起碎片,揣进睡衣怀中。

就那么扔着太让人不忍了,再说栗本来了有可能看见后受她责怪。

因是文子执意摔碎的东西,所以不保留而埋在石钵旁边也好,菊治想。但反正先用纸包好,放进壁橱,之后重新躺下。

文子为什么担心自己把这志野茶碗同别的比较呢?

这样的担心从何而来呢?这也令人不解。

何况,昨夜今晨,不可能将文子同什么加以比较。

对于自己,文子是绝对的,没有比较对象。命运已经定下。

在这以前自己无时无刻不认为她是太田夫人的女儿,但现在连这个也好像忘了。

母亲的身体微妙地传给女儿的身体,并引诱自己在那里做过奇怪的梦,那种梦境此刻反而也踪影皆无了。

菊治得以来到长期围拢自己的黑暗而丑陋的幕布外面。

难道是文子纯洁的痛楚将自己解救出来的吗?

没有文子的抵抗,有的仅仅是纯洁本身的抵抗。

本来应该跌入咒语和麻痹的深渊,但自己反而觉得从中逃脱了出来。就好像中毒后超量服用毒药,从而出现了解毒的奇迹。

菊治来到公司,往文子的店里打电话。文子在神田一家呢绒批发店工作。

文子没有来店里。菊治是因睡不着觉而出来的,但文子恐怕早上沉浸在深深的睡梦中。加上羞赧,她今天大概不会出门了。

下午打电话,文子还是没有来上班。菊治向店里的人问了文子的住址。

昨天的信上应该写有这次搬家的地址,但文子连信封一起撕了塞进衣袋。吃晚饭时谈起上班的事,菊治记住了呢绒批发店的名字,却忘了问她的住址。那是因为文子的住址就好像转移到了菊治身上似的。

从公司回来的路上,菊治找到文子租住的房子。房子位于上野公园后面。

文子不在。

一个看样子刚刚放学回来的十二三岁女孩来到门口,又折回里面，出来说：

"太田阿姨今早说跟朋友去旅行，不在家。"

"旅行？"菊治反问，"外出旅行了？今早什么时候？没说去哪里？"

女孩再次折回里面，这回稍离开些，像害怕菊治似的回答：

"不清楚，我母亲出去了……"

一个淡眉毛的孩子。

出了门，菊治回头看了看，但弄不清文子的房间。有个小院子，不大的二层楼。

"死就在脚下"那句文子的话使得菊治双腿发麻。

他掏出手帕擦脸，擦着擦着，血色好像失去了，而他仍咔哧咔哧擦着，手帕湿得有些发黑。背部出冷汗也觉察出来了。

"不会死的。"菊治对自己说。

文子不可能在让自己获得生还的感觉之后而自己死去。

可是，昨天文子的一言一行，会不会是对死的表白呢？

或者说，她是因为害怕自己成为和母亲同样罪孽深重的女人才那样表白的吗？

"就让栗本一个人活着好了……"

菊治冲着假想敌像出了一口恶气似的如此说罢，快步朝公园的树荫走去。